ADICTA

Romance, Erótica y Acción con
un Mafioso Ruso Peligroso

Por Alena García

© Alena Garcia 2016.

Todos los derechos reservados.

Publicado en España por Alena Garcia.

Primera Edición.

*Dedicado a Samira,
el primer choque de culturas en mi mundo.*

1

Toda mi vida he sido una niña encerrada y vigilada. Ya desde la infancia recuerdo cómo, a la puerta de aquella escuela británica en Moscú, los guardaespaldas de mi padre me esperaban en un gran Mercedes negro blindado, con las lunas tintadas.

No podía ni hablar con mis amigas fuera de la clase. Si me retrasaba un solo minuto, uno de ellos, un gorila que solía apestar a sudor y al que le olía muy mal el aliento, salía del coche y se plantaba en medio de mis amigos.

Me daba tal vergüenza que, en cuanto sucedió un par de veces, me limitaba a hablar con ellos en los recreos o durante las clases, para que no tuvieran que soportarlo, tal como me ocurría a mí.

Las escasas fiestas que viví fueron todas en mi casa; no podía salir a casa de nadie, ni ir al cine como hace cualquier chico; incluso los hijos de la gente más humilde van al cine con su pandilla de vez en cuando.

Esas fiestas eran aburridas. Con los matones de mi padre molestando por todas partes, no podíamos hacer casi nada de lo que queríamos. Solo hablar, comer, beber o mirar alguna película en la gigantesca pantalla de cine que teníamos en una de las plantas subterráneas.

En Moscú tenemos una casa búnker, con cinco pisos por debajo del suelo, construidos a prueba de ataques nucleares. Los oligarcas más ricos de Rusia viven todos así, en casas de este tipo.

La psicosis de la antigua guerra fría continúa en Rusia para los millonarios. Piensan que cualquier día los americanos van a enviarnos souvenirs en forma de cabezas nucleares. A mí no me habría importado que lo hubieran hecho contra nuestra casa, aunque dicen que habríamos estado a salvo, pero no lo creo.

Me refugié en los estudios y en la lectura de libros de todo tipo. Soy una especie de sabihondilla, pero no me gusta demostrarlo con todo el mundo. Cuando cumplí 17 años, le pedí a mi padre estudiar en París, a ver si así podía salir de su pegajosa tutela y hacer mi vida de una vez.

Su respuesta fue, es obvio, que nanay de la China. Estudiaría en la MGU, la universidad estatal de Moscú, o en cualquier otra, en la mejor si yo quería, pero siempre en Moscú. Entonces, me negué a hacer nada. Todo dejó de tener sentido para mí. No quise ni empezar la carrera.

Me deprimí y me quedé deambulando por la casa, una verdadera cárcel de oro para mí.

Mi padre, que nunca se ha preocupado por mí, empezó a inquietarse un poco cuando vio que adelgazaba mucho y que tenía mal aspecto. Mi cara y mi cuerpo eran su orgullo. Según la opinión general de los hombres, soy explosiva y muy atractiva, pero, sobre todo, increíblemente guapa de cara.

Eso es justo lo que le interesa a él. Me tiene como rehén. Está esperando que se interese por mí el hijo imbécil de algún magnate de la industria o de algún alto jerarca del grupo gobernante para así hacer y deshacer a su antojo y expandir su imperio.

No me lo dice, pero yo sé que me venderá al mejor postor. Lo que no entiendo es cómo pretende que me conozcan si apenas me deja salir de casa. Así que me dije que no iba a facilitarle las cosas. Viviría aislada de todos y no sería fácil que nadie viera mi cara.

Para evitar que mi tristeza fuera a más, me llevó a un palacete que tiene en uno de los atolones de las islas Maldivas. Creyó que alejándome de Rusia y sacándome de la gris y fría Moscú mi ánimo iba a mejorar sustancialmente. Se equivocó de pleno. El sitio es paradisíaco, es mejor incluso que las fotos que se ven y lo que la gente cuenta.

Nunca hace menos de veinticinco grados, pero hay mucha humedad y llueve con frecuencia. Los mosquitos eran mi pesadilla. Había muchos y parece que sentían una especial predilección por mi piel o mi sangre.

Tenía que estar a todas horas llena de potingues: o cremas para el sol, que allí pega con mucha fuerza y te quema la piel incluso debajo del agua, o repelentes para estos insufribles animales diseñados para amargarnos la vida.

A los tres meses le dije a mi padre que me sacara de ahí o me tiraba al mar y me ahogaba. No lo soportaba más.

Ese cabrón que dice ser mi progenitor no solo no me escuchó, como de costumbre, sino que me dijo que soy una desagradecida y una mala hija. Que estoy siempre protestando y queriendo hacer mi santa voluntad. Hasta ese punto de hipocresía llega el famoso Vitali Markov.

Como en el palacio había siempre de todo, cualquier tipo de comida o de bebida, empecé a aficionarme al vodka. Al principio tomaba un poco por la tarde y un poco más por la noche, para dormir mejor. A las pocas semanas, ya me bebía dos botellas al día.

Estaba borracha a todas horas. Y me gustaba estar así. De esa manera, insultaba a mi padre delante de todos los matones horripilantes que me puso como carceleros y ellos no se atrevían a decirme nada al verme en tal estado. Estaban todos al borde del colapso. No sabían cómo comunicarle a Vitali que su hija se estaba volviendo alcohólica en la isla.

Como ya tenía dieciocho años, no podían hacer nada. Al principio me cogía alguna que otra borrachera esporádica, pero al poco tiempo vivía de continuo en un estado cercano a la inconsciencia. Más o menos, se podía decir que entraba en *zapói*, un estado de borrachera del que muchos rusos no consiguen salir sin ayuda de familiares o médicos.

A Serguéi, el menos imbécil de todos, se le ocurrió la brillantísima idea de acabar con el alcohol en la casa. Se llevó del palacete todo el alcohol que había y dio órdenes estrictas al servicio de no comprar ni un botellín del cerveza.

Al día siguiente de esa forzada abstención, llamé a mi padre y le dije que Serguéi había intentado propasarse conmigo de un modo asqueroso. Vitali lo llamó enfurecido y Serguéi le tuvo que contar la verdad de mi repentino amor por todo tipo de bebidas espirituosas y su posterior decisión de cortarme el suministro.

Mi padre entendió todo y creyó a Serguéi, pero le hizo volver a Moscú. No sé qué habrá sido de él. A partir de ahí, nadie más se atrevió a desobedecerme en lo referente a mi otrora querido vodka. Tenía todo el que necesitaba.

A veces lo tomaba solo, otras echaba rodajitas de limón o de lima. Lo que nunca hacía, como hacen algunos europeos, es matarlo mezclándolo con repugnantes refrescos americanos como la cola u otros parecidos.

Si me apetecía emborracharme con rapidez, solo tenía que prepararme un tanque de un litro con tres cuartos de vodka y un cuarto de cerveza. Y ya tenía el día resuelto. Salía a nadar trompa perdida y saludaba con una tonta sonrisa de beoda a esos pececitos de colores tan adorables.

Para colmo de males y, por decirlo finamente, con palabras bíblicas, aún no conozco varón. Así de triste es mi vida. No es que nadie me haya tocado ni la punta del codo, es que ni siquiera sé aún lo que es un beso.

En aquella escuela británica, donde casi todos éramos hijos de mafiosos, políticos y banqueros, o sea, mafiosos, no nos dejaban ni movernos. Estábamos vigilados de manera permanente.

Y en las fiestas, como he dicho, con aquellos gorilas apostados en cada esquina de las habitaciones, no se podía ni pensar en hacer manitas. Nada, que estoy pura, virgen. Este cuerpo se iba a empezar a pudrir antes de tiempo gracias al vodka, mi mejor amigo. Así lo quise.

Pero mi padre, alertado por todos los sirvientes de la casa, vino al fin al atolón y, al verme en tal depauperado estado, me sacó de allí y me llevó de vuelta a Moscú.

Estuve en una clínica de desintoxicación muy famosa, una de las mejores del mundo. Allí vi a algún conocido actor de Hollywood y a no pocos cantantes de los que aparecen sin cesar en las revistas del corazón de todo el mundo. Nos encerraban en habitaciones y nos traían sopitas y algo de comida muy suave, como si estuviéramos enfermos.

No sé cómo, supongo que disuelto en la comida, había algo, alguna medicina, algo muy fuerte que nos daban que hacía que pensar en el alcohol nos diera arcadas.

A los tres días me trajeron un vasito minúsculo de vodka, unos 20 gramos. Solo el olor me hizo ir al baño a vomitar. Me indigné con lo que me estaban haciendo. Yo era una cobaya de laboratorio. Me negué a comer.

Tenían un grave problema conmigo. No iba a someterme a sus normas. Tuvieron que suministrarme suero intravenoso. Avisaron a mi padre. Dijeron que ellos curaban contra la adicción al alcohol, pero no podían tenerme así.

Tiraba de los cables, golpeaba a las enfermeras, escupía a los tíos de seguridad. En fin, que les hice la vida imposible.

—Vuelves a casa, Károl. Ya basta de hacer tonterías, hija.

—¿Hija? Tú no eres un padre. ¡Eres un cabrón que me ha jodido la vida siempre! Déjame tranquila de una vez, hasta que reviente. No te soporto, no soporto a nadie. Déjame salir, me buscaré la vida como sea, trabajaré y viviré como una persona al menos.

>>Soy como un trofeo para ti, estás esperando que venga el hombre apropiado que me lleve, hijo de la persona poderosa que conseguirá que tu imperio domine a los demás. Quieres la supremacía y la buscas a través de mí. Lo sé bien.

—Pero ¿qué cantidad de bobadas estás diciendo? - dijo mi padre, sin alterar el gesto, solo porque estaban cerca dos enfermeras y tenía que disimular.

Las dos enfermeras que contemplaron la escena movieron la cabeza de lado a lado haciéndome sentir como una estúpida. ¡Qué sabrían ellas del infierno que había sido hasta entonces mi vida!

Y me llevó, a la fuerza, a casa. Él me había ingresado en ese centro inmundo y él me sacó.

2

La entrevista era en la mansión de Dmitri Kovaliov, un rico magnate relacionado con muchas mafias, amigo de casi todos los políticos y con pocos enemigos, pero el mayor de ellos era Vitali Markov. Sobre eso giraría la conversación, según me dijo por teléfono. Sobre Markov.

Me hicieron pasar a un gran salón hortera y recargado, similar a muchos otros que había visto durante mis entrevistas con los dueños de Rusia. Esperé unos diez minutos en un cómodo diván.

Los cuadros que adornaban las paredes eran bien horteradas compradas en carísimas galerías de Europa occidental bien cuadros abstractos de líneas geométricas y colores chillones que hacían malas migas con los carísimos muebles antiguos de madera.

Entonces llegó Gueorgui Platónov en persona. Me saludó cordialmente y me invitó a pasar a su despacho, donde le gustaba hablar de negocios. Platónov estaba gordo, calvo y tenía unas ojeras más negras que las aceitunas jienenses. Ese hombre dormía poco y no llevaba una dieta equilibrada, pensé.

—Bueno, de usted solo sé que se llama Luka - dijo Gueorgui.

—Así es. Me hago llamar así. No hace falta más - respondí.

—Nadie sabe nada sobre usted. He investigado y he contratado a los mejores especialistas en rastrear a tipos duros como usted, a mercenarios que van por libre. Nada de nada. Cero. Increíble. Sabe cubrirse bien las espaldas.

—Me alegro de que le impresione, pero no tiene ningún mérito - dije.

—Bien; vayamos, si le parece, al grano.

—A eso he venido, caballero.

—Vitali Markov se está haciendo con un gran poder en la industria petrolífera y en otras industrias del sector. Se ha rodeado de la gente adecuada y elimina sin piedad a todo aquel que frustra sus proyectos o le intenta poner límites.

\>>Las cosas han llegado demasiado lejos para algunos clientes míos. Ellos no se atreven a actuar. Yo me encargo de resolver estos asuntos difíciles. ¿Me va siguiendo?

—Como un perro lazarillo a su ciego, señor - contesté.

La respuesta dejó a Platónov meditabundo. Quizá pensara que el símil era una velada crítica a sus capacidades, pero nada más lejos de mi intención. La frase fluyó de mi boca sin pensar.

Los dueños del mundo son demasiado suspicaces cuando los que no somos dueños de él, pero tenemos alguna capacidad que necesitan de nosotros, nos expresamos con libertad.

—Vitali solo tiene un punto débil. Ni siquiera sabemos si se le puede llamar punto débil, pero al menos es una baza que va a utilizar pronto para aumentar, aún más si cabe, su gran poder de influencia en la economía del país. Es su hija Károl.

Se quedó unos segundos en silencio, observándome con atención. Intentó valorar mis reacciones, pero soy neutro cuando trabajo y no permití que ningún gesto traicionase o tradujera mis impresiones del momento.

La comisura de mis labios no se mueve un milímetro y los ojos están siempre clavados en mi interlocutor. Ante mi falta de reacción, continuó su exposición.

—Un montón de gente necesita anular esta fuerza. Vitali guarda a su hija como el gran tesoro con el que prevalecerá sobre todos nosotros. Está buscando al hombre ideal para que se case con su hija. El matrimonio tendrá, suponemos, contrapartidas importantes para Vitali.

—No acabo de entender qué tiene esa mujer de especial. Estamos en Rusia, aquí hay millones de mujeres bellísimas. No se puede negociar con este tema hasta ese punto, me temo – comenté.

—Ahí se equivoca usted. Bueno, no es tanto que se equivoque como que no conoce la verdadera historia.

—Por favor... - dije, animándolo a que continuara.

—Lo que usted dice es cierto. Hay muchas y muy bellas. Pero Vitali ha ido buscando conseguir una hija que se salga de lo corriente. Su plan estuvo claro desde hace años.

>>Proponía a las mujeres más bellas de Rusia y de otros países, eligiendo entre modelos, concursantes de Miss Mundo o prostitutas de lujo, escorts de altísimo nivel, solo a las verdaderamente despampanantes, que se quedaran embarazadas y que después renunciaran al hijo

>>Los millones de rublos que les ofrecía ayudaron a muchas a tomar la decisión que a él le convenía. Tendrá no menos de veinte hijos por todo el mundo. Si la mujer se quedaba embarazada de un varón, ella era libre de abortar o de seguir con el embarazo, pero el trato se rompía.

>>Parece ser que Vitali es más propenso a engendrar machos que hembras, con lo que tuvo que trabajar de lo lindo para conseguir que algunas mujeres se quedasen embarazadas de niñas.

—Ese hombre está enfermo – salté.

—No sabe usted hasta qué punto lo está, señor Luka, ni siquiera lo imagina. Pero es inteligente. La jugada le salió bien, de eso no hay duda. Es un hombre peligrosísimo. Su ambición tiende a infinito. Hay que pararlo y, entre otros métodos, tenemos que conseguir que esa pobre chica no sea moneda de cambio para conseguir sus objetivos. Más o menos esta es toda la historia.

—Está comprendido todo. Por curiosidad, ¿se sabe quién es la madre del bellezón? - inquirí.

—Sí, y hace usted bien en preguntar. Unos meses después de dar a luz, tras coger el dinero de Vitali, se arrepintió de su contrato e intentó, por todos los medios, que Vitali le devolviera a la niña. Le devolvió el dinero e incluso le dijo que le daría ella lo que quisiera.

>>Vitali le dio un aviso. Su casa ardió. No se arriesgó a seguir intentándolo. Es una mujer polaca de una belleza muy exótica. De abuela noruega, abuelo ucraniano, abuela materna rusa y abuelo materno hindú, posee unos rasgos sin duda llamativos y poco frecuentes.

>>Fue modelo en Varsovia y, durante un tiempo, actuó en algún que otro programa de televisión. Su rostro ante la cámara disparaba las audiencias. Si la hija ha heredado la mitad de su excepcional belleza, quizá Vitali tenga sus buenas razones para tener encerrada a su hija.

—¿Alguien dispone de alguna foto? - pregunté.

—Por supuesto. No es fácil encontrar fotos suyas, apenas sale de casa, pero tenemos alguna de cuando tenía catorce años. A partir de ahí nada de nada. Aquí tiene una, para que se vaya haciendo una idea – dijo tendiéndome una fotografía en color de hacía algunos años.

Tengo que reconocer que me impresionó lo que vi. Tenía los ojos más grandes que he visto en mi vida, de color verde azulado, con una forma almendrada que tienen algunas persas o afganas, pero con los pómulos rusos, la nariz mediana y afilada de una escandinava, el pelo de un precioso rubio que no sé ni cómo definir, pues no es habitual: no es ni claro ni oscuro, pero es el cabello más bonito que han contemplado mis ojos; y los labios, a pesar de la edad, más sensuales que imaginarse pueda uno, con un dibujo perfecto y un tamaño ideal para la boca de cualquier hombre.

—Si a los catorce años, señor Luka, ya tenía un rostro así, imagínese lo que será ahora la señorita. Tiene dieciocho años en la actualidad - explicó Platónov.

—Sí, sin duda es una cara hipnotizante, es difícil apartar la vista de la fotografía - reconocí.

—Perfecto. Ya está en antecedentes de la extraña historia. Y ahora, usted entra en acción. No creo que necesite más explicaciones por mi parte. Le supongo inteligente.

—Quieren a la chica. Supongo que la desean viva - añadí tras una pausa después de la primera frase.

—Por supuesto que viva. Si llegara a morir, muchos de nosotros tendríamos un problema grave. En cambio, viva y en nuestro poder es un arma que podrá hacer que debilitemos a Vitali con acuerdo tras acuerdo. El asunto no es sencillo. Él sabe el valor de la chica. Tiene previsto que alguien quiera hacer algún día lo que va a usted a realizar muy pronto.

—Imagino que habrá mucha seguridad. Eso es bueno. Cuantos más, mejor.

—No le entiendo bien, disculpe - dijo Platónov.

—Sí, que cuantos más efectivos de seguridad haya en un lugar, más sencillo es entrar y sembrar el caos.

—De acuerdo, no voy a contradecirle. Usted es un verdadero especialista en secuestros, como me han dicho. No ha fallado una sola vez. Confío en su talento y pericia.

—La confianza no es mala, pero no me da de comer, señor – informé sucinto.

—Este trabajo es especial; por ello el pago ha de ser también algo excepcional. Aquí tiene, como adelanto, y para que no dude de nuestra seriedad, cinco millones de dólares americanos. Los otros diez se efectuarán en el intercambio por la chica.

Platónov puso un maletín negro sobre la mesita que teníamos enfrente del diván. Lo abrió y aparecieron cientos de billetes de mil dólares, nuevecitos.

—Mi tarifa son diez millones, señor Platónov. ¿A qué se deben esos cinco millones de regalo? Cinco millones de dólares no son moco de pavo.

—Ya le digo que el trabajo tiene una dificultad especial y mucho riesgo. No podemos arriesgarnos a que falle. Si sale mal, no habrá otra oportunidad. La meterá en una celda, si es preciso. Solo tenemos una oportunidad. Nadie lo ha intentado hasta el momento – expuso él.

—No he fallado jamás y espero que continúe la racha. De acuerdo; si no tiene más novedades, me retiro, con su permiso.

—Por cierto, Luka, tenga cuidado también con ella. No sabe aún lo que es un hombre. Eso me han dicho. Usted es bien parecido. Podría encapricharse de su atractivo secuestrador...

—No se apure. He secuestrado a mujeres jóvenes en alguna otra ocasión. Está todo bajo control. Utilizaré las claves que me ha dado para ponerme en contacto con usted en cuanto tenga a la chica.

3

Desde los catorce años tengo un sueño erótico, siempre el mismo aunque mi imaginación inventa sutiles variantes. Imagino que un hombre me rescata de mi eterno encierro.

Cuando era niña lo imaginaba tipo príncipe azul, con una escala, bajándose de un magnífico caballo blanco, subiendo a por mí y llevándome en sus fuertes brazos. A medida que fui cumpliendo años, el sueño cambiaba un poco.

Con dieciséis años entraba de una patada por la puerta y, tras dar de puñetazos a mis odiados guardaespaldas, y tumbarlos uno a uno, destrozaba la puerta de mi habitación, me besaba y después me llevaba.

Ahora, como tengo la experiencia sexual de una monja frígida, mis fantasías son más fuertes. Me gusta imaginar que entra a matarme, me ata y me amordaza. Después, me tortura desnudándose delante de mí.

Puedo ver su pecho poderoso, sus hombros anchos como Siberia, sus brazos musculosos y fibrosos. Después, me quita la mordaza y me besa en los labios, sin que yo pueda tocarle.

Me quita las ligaduras y me desnuda, lentamente. Y así me paso las noches, con estas tontas fantasías de niña que jamás pensé que se cumplirían.

4

La noche era oscura, sin luna. Del cielo, cubierto de una espesa capa de nubes invernales, caían con lentitud espesos copos de nieve que beneficiaban a todo aquel intruso que necesitara sigilo.

Luka eligió esa noche para entrar a por Károl. La mansión de Markov estaba en el territorio de la villa de lujo de Barvija, a solo 7 kilómetros al oeste de Moscú. Era, como muchas casas vecinas, un búnker antinuclear.

Las habitaciones principales se hallaban debajo de tierra, en pisos inferiores. Por eso los palacetes no parecían, a simple vista, demasiado grandes ni impresionantes. Lo bueno estaba dentro, hacia abajo, fuera de la vista de los curiosos.

El plan era entrar por la puerta grande, por la entrada principal, a la vista de todos. Una alta valla de cuatro metros, electrificada, rodeaba la mansión. Era complicado atravesarla, aunque podría haberlo hecho, pero prefería entrar así.

A través de un contacto al que pagaba una fabulosa cantidad de dinero, siempre en dólares, consiguió un apagón eléctrico en una restringida zona que afectaba, por supuesto, a la mansión de Markov.

La casa disponía de generadores alternativos, pero eso era solo dentro de la casa, y nada más que en algunas habitaciones, no en toda la casa. Los alrededores de la casa quedaron a oscuras.

Los guardas de seguridad que vigilan la entrada, cinco hombres fuertemente armados con fusiles de asalto y pistolas, habían encendido sus linternas.

Era su momento. Se acercó a la casa, andando sobre la gruesa capa de nieve, y gritó:

—Señores, ya estoy aquí. Soy el electricista – dijo Luka.

—Ya era hora. Llevamos media hora a oscuras. Es la primera vez que esto dura tanto. Es una vergüenza. Y es peligroso además – dijo uno de los guardas, muy enojado.

—Calma, calma – dijo Luka.

—Identificación, por favor.

Luka enseñó su tarjeta con las siglas oficiales de los trabajadores del ayuntamiento de Moscú.

—Necesito también un pasaporte. Para apuntar el número – dijo otro guarda.

—Claro, pero debo ir a buscarlo. Pensé que con mi tarjeta, donde pone mi nombre, como podéis ver, valía. Bueno, iré mirando otras casas y después me paso por la vuestra, ¿vale?

—Como quieras. Nosotros aquí vamos a seguir. Nos da igual. Sin pasaporte, aquí no entra nadie.

Esa primera aproximación sirvió a Luka para contar el número de guardas de la entrada. Cinco. Todos armados y muy suspicaces. Tendría que volarlos por los aires. Cuando se hubo alejado un poco, abrió la caja de herramientas y sacó dos granadas.

Como la oscuridad era total, los guardas no podían ver qué movimientos hacía. Ni siquiera lo miraban. Desde esa distancia, unos doce metros, lanzó las dos granadas, una detrás de otra. La explosión destrozó la pequeña caseta donde los guardas se refugian del frío y pasan, aburridos, su jornada laboral.

Uno de ellos consiguió salir vivo, con un brazo colgado del hombro por un hilillo de carne y sangrando por toda la cara. Luka lo remató de un certero disparo en la frente.

Cogió la mochila que tenía preparada, se quitó el buzo y se puso otra ropa, especial, y volvió hacia la casa. Pasó la barrera y se dirigió hacia la entrada de la mansión, de donde ya salían tres hombres con ametralladoras. Se escondió tras unos arbustos y esperó a que se acercaran.

Cuando dos de ellos pasaron de largo para interesarse por los hombres de la caseta, Luka lanzó un cuchillo al tercero, que se había quedado a medio camino vigilando alrededor. Se clavó justo en la garganta.

No pudo avisar a sus compañeros. Entonces Luka, bien protegido por la oscuridad y los espesos arbustos cubiertos de nieve, disparó a los dos hombres que estaban hablando entre ellos. Eliminados.

Luka emprendió una rápida carrera hacia la casa, tapado ya con un pasamontañas. Algunas de las cámaras podrían estar activas gracias a los generadores. La puerta por donde salió el trío había quedado abierta.

Extraño error en unos profesionales de ese nivel. Podía ser una trampa, se dijo Luka. Cuando algo le olía mal, cambiaba de aires. El instinto y la intuición no necesitan pruebas. La prueba de que estaba en lo cierto solo podía ser la muerte. Buscó otra entrada.

En la otra parte de la casa había una ventana que era fácil de abrir. Entró por allí tras cortar el vidrio con su pequeño diamante, meter la mano y abrirse desde fuera. No se oía un solo ruido. El resto de la seguridad estaría, presumiblemente, defendiendo a Károl, la joya de la casa, el objetivo número uno a proteger.

Empezó peinando la planta baja y el primer piso, único de la casa por encima del suelo. Vacíos. Bajó a la planta -1. Allí había un gran gimnasio, una piscina de agua caliente de 50 metros y otras habitaciones. Todas vacías.

Siguió bajando. Planta -2. La casa estaba en penumbra. Algunas luces de emergencia en el suelo iluminaban lo justo para no tropezar, pero no se distinguía nada. Luka llevaba puestas sus gafas de visión nocturna.

Dos hombres aparecieron por el amplio pasillo. Se agachó en un rincón. Ni siquiera lo vieron. Le fue muy fácil abatirlos. Ahora caminaba con su pistola con silenciador. Dos menos.

No había más obstáculos en esa segunda planta subterránea. Bajó a la tercera. Vacía del todo. Descendió a la cuarta a través de las mismas escaleras por las que venía bajando. Allí lo esperaba una sorpresa.

Empezó a salir gas del techo. Un gas denso, de color verdoso. Luka se las sabía todas. En medio segundo tenía puesta su careta antigas de última generación. El paso estaba franco para él.

Le quedaba la quinta planta, la última. Allí estaría la chica. Bajó y vio un gran acuario con cientos de peces de todos los colores. Aquello parecía el Mar Rojo en vivo. Había incluso tiburones pequeños, de poco más de medio metro de longitud.

Todas las habitaciones estaban cerradas. Abrió una puerta. Ese cuarto estaba vacío; era un dormitorio, quizá el de Markov. Todas las paredes estaban decoradas con murales. El techo simulaba ser una galaxia, con miles de estrellas, planetas, soles, anillos de meteoritos y otros motivos astronómicos.

La siguiente puerta estaba cerrada por dentro. En cuanto forzó el picaporte, sonaron los disparos que atravesaron la puerta de madera. Luka dejó que se desfogaran un poco. Sin duda, el objetivo ya estaba muy cerca. Pudo escuchar, con su fino oído de especialista entrenado para distinguir tales sutilezas, que los proyectiles disparados procedían de tres armas distintas.

Al menos tres hombres más. No era probable que hubiese muchos más. Ya llevaba abatidos unos cuantos. Con rapidez, tumbado en el suelo, pegó un trozo de explosivo plástico a la puerta y se alejó diez metros de ahí. La detonación reventó la puerta y a dos de los hombres que se habían acercado para comprobar si sus balas habían terminado con el molesto intruso.

Luka entró, con cautela, muy despacio, recorriendo con la mirada toda la estancia. Era una sala de cine, con muchas butacas en el centro y varias mesas y sillas rodeando ese centro de butacas. No había nadie. El tercero había escapado. Había que cazarlo cuanto antes.

Recorrió toda la sala y, siguiendo un reguero de sangre que estaba dejando el tercer tirador, vio una puerta al fondo del pasillo. La puerta era de metal. Se habían refugiado allí. Pero la puerta no estaba bien cerrada, se podía entrar. Así lo hizo Luka.

El cuerpo del tercer hombre yacía en el suelo, con una mano amputada y enormes heridas en la cabeza. Estaba muerto. Al fondo de esa habitación, junto a la pared, de pie, estaba Károl, vestida con un chándal rosa y descalza.

De manera que ahí la tenía, se dijo. El rostro de aquella chica resplandecía con luz propia. Era como el sol central de una galaxia. El padre tenía motivo para hacerse ilusiones teniendo en casa un rostro como ese. No era una chica, era un ángel.

Se acercó a ella para amordazarla y atarle las manos. Károl solo vio a un hombre vestido con un traje especial, máscara antigás y una pistola en la mano, con una ligera mochila negra a la espalda.

En un principio se asustó, pero cuando Luka se quitó la careta, los azules ojos y el anguloso rostro del hombre sorprendieron a Károl. Ahí estaba. Su sueño se cumplía. Un hombre venía a por ella. ¡Y qué hombre!

—Ahora voy a atarte y amordazarte. No te preocupes, tú no vas a morir hoy – dijo Luka.

—Te esperaba desde hace tiempo, ¿sabes? ¿Por qué diantres has tardado tanto en llegar? - preguntó Károl.

Luka, un hombre práctico, casi siempre hermético, serio y meticuloso, se vio desbordado por tal cuestión que no solo no esperaba sino que nunca le habían planteado. En lugar de lloros, súplicas, llantos, lágrimas y gritos, se encontró con una radiante cara de felicidad y alivio por parte de la secuestrada.

Esa chica no había vivido aún. Se dio cuenta nada más verla. Era virgen en todos los sentidos. Un fenómeno poco común. Estaba allí, sonriéndole a él. Puso las manos juntas para dejar atarse con facilidad y abrió la boca. Luka así no pudo. Fue incapaz de hacerlo.

—Creo que tienes mala suerte. Si esto te parece una aventura, pronto saldrás de tu error. Vamos, hay que salir de aquí cuanto antes – dijo Luka.

Károl siguió a Luka y, cuando salieron de la casa, a través del ascensor, para evitar los gases de la cuarta planta, oyeron sirenas de la policía aproximándose. No había tiempo para salir por ahí. Media vuelta. Entraron de nuevo en la casa.

—Hay una salida de emergencia. Es secreta. Nadie, excepto mi padre y yo, por supuesto, la conocemos. Vamos a salir por ahí - explicó ella.

—Perfecto. Gracias por la información. Rápido, vamos.

—Está en la tercera planta - indicó la chica.

A través de unos resortes que apretó ella en la pared de una de las habitaciones, se abrió una trampilla en el suelo. Era un pasillo que conducía hasta el bosque, lejos de la casa. En cuanto ambos entraron, la trampilla volvió a cerrarse sin dejar huella.

Después, al final del pasadizo, solo había que levantar una trampilla y alzar a pulso una escultura que simulaba ser una pesada piedra, cosa que llevó a cabo Luka, y estuvieron fuera. La policía peinaría la zona. Volver a por la furgoneta estaba descartado. Luka ignoraba dónde habían aparecido exactamente.

A su alrededor solo había abetos, nieve y una monumental ventisca, una nevasca, *metel* en ruso - como el título de un famoso cuento del genial Lev Tolstói -, con la que era difícil andar. Luka había tenido la precaución de dejar que Károl se pusiera unas botas y cogiera su abrigo de piel de visón y un gorro.

No se veía nada. Se oían ladridos de perros. Eran muchos. Al parecer, la policía los buscaba ya con perros entrenados. No había salida.

—Volvemos al túnel. Adentro. Esperaremos aquí un rato. Dime, ¿dónde está tu padre?

—No lo sé. Seguro que en una de sus juergas con putones verbeneros. Le gusta salir de la ciudad y montar fiestorros donde se pone ciego de alcohol y drogas. Vuelve al cabo de dos o tres días, desorientado y medio muerto. Le cuesta recuperarse. Se fue ayer. Es poco probable que vuelva hoy.

—Volverá en cuanto la policía lo avise. Lo habrán hecho ya.

—Te equivocas, mi querido secuestrador. Cuando se va a este tipo de fiestas, deja los teléfonos o los apaga. No quiere saber nada del mundo. Desconecta. No podrán localizarlo si él aún no ha terminado la fiesta. Hazme caso. Así ha sido siempre y ya no está en edad de cambiar sus hábitos - explicó ella.

—Bueno, entonces, no hay riesgo de que nadie pueda encontrar este pasadizo, supongo.

—Es imposible. El jefe de seguridad creo que sí lo conocía. Pero te lo has cargado, como a todos los demás - dijo con una sonrisa de felicidad que dejó pasmado a Luka.

El interior del pasadizo secreto estaba extrañamente cálido. Pudieron sentarse sin problemas. El suelo era de arena compacta, dura. Así estuvieron media hora. Después, Luka levantó la piedra y asomó la cabeza. La tormenta de nieve había amainado y no se oía un solo ladrido. La policía lo estaría buscando por otra parte.

—Salimos, Károl.

—¿De dónde sabes tú mi nombre? - preguntó.

—Los que me encargaron este trabajo me dijeron que así te llamas.

—Y ¿qué más te han encargado?

—Ahora tengo que llevarte a un lugar. Allí acaba mi trabajo contigo. No nos veremos nunca más – contestó él.

—A otra cárcel de oro... - dijo ella cambiando el gesto. Una arruga se dibujó en su frente.

—No van a hacerte daño. Eres una moneda de cambio. Quieren ejercer presión contigo para negociar con tu padre. Le tienen miedo. No sé mucho más.

—No. Mátame entonces. No voy a seguir encerrada nunca más. No lo soporto. No puedo más. Llevo toda mi vida, los dieciocho que tengo, siendo encerrada, vigilada, controlada y espiada las 24 horas del día. No estoy dispuesta a continuar así. Odio a mi padre, me da igual lo que le pase. No significo nada para él. Tú acabas de salvarme de sus garras. No me lleves a otras.

Déjame libre. Voy a huir adonde sea. Te lo suplico. Y, si no puedes, lo entiendo. Pégame un tiro. Algo rápido, indoloro. No me enteraré. Si no lo haces tú, me suicidaré en cuanto pueda. No estoy bromeando.

La seguridad que se desprendían de aquellas palabras y la cara de Károl al pronunciarlas tocaron el corazón de Luka. Por primera vez se estaba involucrando. Entendía las razones de la secuestrada.

Era tan preciosa que ni siquiera llegó a escuchar bien todas las palabras. Se perdió algunas. Todo su ser se perdía al contemplar aquel rostro angelical, casi inconcebiblemente bello para un simple ser humano.

—Lo siento, Károl, tengo instrucciones. Me han pagado ya por el trabajo y voy a llevarlo a cabo.

—Tendrás que matarme para que te siga. No me muevo de la nieve. Moriré aquí, congelada – dijo mientras se desprendía del abrigo de pieles, dejándolo caer sobre la gran capa de nieve del bosque.

Károl se cruzó de brazos y se sentó en la nieve, dispuesta a morir allí de congelación. Una muerte, por otro lado, denominada "dulce", ya que el cuerpo se va adormeciendo y no siente dolor alguno.

Luka no tuvo más remedio que utilizar un pequeño truco para acabar con los caprichos de esa jovencita. Le acercó un frasco a la nariz. A los dos segundos estaba dormida. Le puso el abrigo, la cogió en brazos y comenzó a andar hacia el este, buscando la carretera que conducía a Moscú.

Un taxi que regresaba a Moscú tras un servicio paró junto a Luka. Él explicó que su chica estaba muy borracha. Le dijo una dirección y el taxista, sin más preguntas, emprendió la ruta.

Allí tenía a la famosa Károl. Ese Platónov se había quedado corto con su descripción. No era solo la belleza de ese rostro. Era el aura que desprendía. Todo su ser parecía un ente sagrado, algo superior al ser humano. No podía explicar qué. No tenía experiencia de haber visto nunca nada parecido.

Tampoco conocía ángeles ni extraterrestres. No sabía cómo eran, pero así debían de ser los ángeles del cielo, si lo había. Dormía, apoyada en su hombro. El óvalo de la cara y los rasgos eran perfectos también con los ojos cerrados.

¿Qué hacer con ella? La desesperación de la chica le pareció muy real. Le dijo que lo esperaba desde hacía años. ¿Qué significaba todo aquello?

El taxi llegó al destino. Luka le pidió esperarlo solo unos minutos mientras bajaba a Károl en brazos. Llamó al timbre de aquella dacha situada al norte de Moscú, ya fuera del distrito metropolitano.

Abrió Platónov.

—Aquí la tienen, sana y salva. Solo está dormida. Tuve que hacerlo. La chica está mal, tengan mucho cuidado. Habla de suicidarse si vuelven a encerrarla. Me preocupa. Ustedes creen que es la clave para negociar con el padre. Deberán hacer algo para animarla.

—Tranquilo, está todo controlado. Pase. Puede dejarla en la cama de la primera habitación. Sí, por ahí.

Luka depositó a Károl en la cama con mucho cuidado. Se estaba despertando, gemía y movía los brazos.

—En este maletín están los diez millones restantes. Excelente trabajo. Fino y rápido. No pensé que pudiera usted hacerlo solo. Es aún mejor de lo que cuentan. Magnífico. Ha sido un placer trabajar con usted.

—Lo mismo para mí. Adiós, señor Platónov.

Luka subió al taxi.

—Al aeropuerto de Sheremétevo, rápido - ordenó al taxista.

Entró al aeropuerto y miró la pantalla de las próximas salidas. Durante las siguientes tres horas los vuelos que salían eran: BJ 861 a Monastir (Túnez), RU 691 a Tokyo, RU 639 con destino Singapur y un par de vuelos a Ámsterdam, pero quedaban cuatro horas para estos dos.

Quería salir del país cuanto antes. Este trabajo había sido de los gordos y su pellejo sería muy pronto el más buscado de Rusia.

No, no era ese el único motivo de esta repentina partida. Huía de sí mismo. Escapaba para no volver a esa dacha y volver a secuestrar a Károl, esta vez para siempre y para tenerla solo con él. ¡Qué estupidez! Luka, deja de divagar o acabarás mal...

Compró el billete para Monastir. Sol, arena y excelentes playas para descansar un poco y disfrutar de lo ganado. En este aeropuerto trabajan aduaneros que le dejan pasar al avión con cualquier cantidad de dinero. Él los avisa, pasan a una sala especial y se negocia.

Le costaría no menos de cien mil dólares, quizá ciento cincuenta, pero merecía la pena. Estaba haciendo ricos a esos tipos a base de viajes. Sacó el móvil, dispuesto a hacer la llamada perdida habitual para que supiera que ya estaba allí y que iba a pasar mucho dinero.

No llegó a marcar ese número. En lugar de hacerlo, llamó a un taxi. Iba a hacer la locura más grande de toda su vida. La única estupidez de su siempre controlada y rutinaria vida. Algo más fuerte que él así se lo estaba ordenando.

Su cerebro no quería dar la orden a los dedos de marcar el número del taxi, pero lo hizo. Su cuerpo no quería salir del aeropuerto y quedarse en Moscú, pero una fuerza superior le impidió luchar contra eso que no conocía.

Una hora después estaba en las inmediaciones de la casa. Llegó con su coche, que dejó arrancado y con las puertas abiertas.

Sigiloso, se acercó a la ventana de la habitación donde depositó a la chica. Ella estaba despierta. Sentada sobre la cama, lloraba. Un par de mazacotes humanos de dos metros cada uno la vigilaban, de pie, a ambos lados de la cama.

Tarde, era tarde. La casa estaba vigilada por dentro y por fuera. Necesitaba que esos dos salieran del cuarto por unos segundos, distraerlos con cualquier cosa. Entraría como una bala y sacaría a Károl. El coche estaba a solo cincuenta metros.

Lo más absurdo, pensó, era lo que mejor le funcionaba siempre a Luka en situaciones límite que parecían no tener salida. Llamó a la puerta, con su maletín de diez millones de dólares. Abrió otra vez Platónov. En cuanto vio a Luka su experiencia le dijo que no sería para nada bueno. Sacó su revólver.

—¿Qué ocurre, Luka? Quizá he contado mal los billetes... Sería la primera vez. Lo hace el banco por mí, así que no creo que sea ese el motivo de...

—No, nada de eso. No lo he contado, pero confío en usted en ese sentido.

—¿Entonces? ¿Cuál es el puto problema? - dijo cambiando el tono y abandonando sus clásicas buenas maneras.

—Aquí tiene el maletín, Platónov. Le devuelvo el dinero. Le pido disculpas, pero no hay trato. Aquí tiene la llave de seguridad de una estación de tren. Allí está el otro maletín. En la nota está la clave y el número de taquilla. Por las molestias, me ofrezco a trabajar gratis para usted las dos próximas veces.

>>Pero no voy a entregar a esa mujer. Verá, es algo personal. Ella me esperaba. Soy la única esperanza en este mundo para esa mujer. Sé que, si no hago esto, ella misma se matará. Decía la verdad esta noche sobre la nieve. Está a punto de

quitarse la vida. Es lógico. No ha vivido aún. Vengo por ella.

>>Le han hablado de mí y conoce ya mis capacidades. Lo respeto a usted. No quiero hacerle daño. Hay pocos hombres ahora en esta dacha. No tienen nada que hacer contra mí, sobre todo teniendo en cuenta que ellos no saben que ya estoy dentro. Lo mejor es que todos ustedes sigan vivos mañana.

>>No me obligue a repetir la escabechina de hace unas horas en Barvija, ¿de acuerdo? - dijo Luka mientras le arrebataba el arma en un rápido movimiento que dejó a Gueorgui temblando –. Vaya a por la chica usted solo y tráigamela. Si lo hace, vivirá. En caso contrario, mataré a todos ustedes sin piedad. No voy a repetirlo.

La mirada de hielo de Luka fue más convincente que sus palabras. Un hombre que, en solitario, había conseguido arrebatar a Károl de la fortaleza de esa casa-búnker no era un matón cualquiera, era alguien muy especial. Platónov decidió que apreciaba más la vida que su orgullo. Ya lo cogerían. No podría ir muy lejos con ella. Entró en el cuarto y sacó a la chica.

5

Cuando todo estaba perdido para mí, aquel hombre, que me había parecido el ángel de la guarda, volvía por mí. No supe entonces si estaba loco o enfermo, pero me secuestraba por segunda vez aquella noche.

No podía creerlo. No sonreí demasiado al verlo, aunque me gustó que al menos significara algo para él. Eso esperaba.

Cuando salimos de la casa y me subí a su coche, le dije:

—¿A qué casa me llevas ahora? ¿Me has tomado por una muñeca a la que pasear por todo Moscú? Alguien te paga más y lo has pensado mejor. Muchas gracias por estas interesantes rutas nocturnas. Al menos me sacas de mi monotonía y mi hastío.

—No voy a dejarte al cuidado de nadie. He venido por ti. La primera vez fui a secuestrarte. No te conocía. Estaba en el aeropuerto, ya iba a comprar un billete a Túnez, pero algo me ha hecho abandonarlo todo y volver a rescatarte.

>>No voy a permitir que una mujer como tú se quite la vida. Dijiste que me habías esperado durante años. Bien, es cierto, es tarde, y la primera vez no lo hice bien, pero aquí estoy para enmendar mi error.

—¿Cómo creerte? Me gustaría que fuera verdad. Mi corazón quiere aferrarse a ti, mi única esperanza, pero me has entregado.

—Durante un par de horas a lo sumo. No ha sido una entrega. Era un cálculo. Necesitaba pensar y tú, dormida como estabas, no me dejabas actuar. Ha sido todo estrategia, pura táctica - me dijo con toda su cara dura, cuando un minuto antes reconocía que se marchaba del país y que iba a comprar un billete. ¡Pobrecillo! Qué mal mentía ante una mujer.

Pero reí, reí como no reía desde cría. Me hizo mucha gracia esa tonta explicación de un hombre que, en realidad, se lo estaba jugando todo por mí. Nada menos que por mí. Al fin importaba a alguien.

Estaba flotando de felicidad. No podía creerlo. Me amaba. Ese hombre se había enamorado de mí en el búnker. Cuando se quitó la máscara antigás, yo también me enamoré de él.

Y allí estábamos aquel par de tontos, un secuestrador peligroso y una chica que había vivido una vida de esclava, de mera prisionera de un padre maligno y desalmado como pocos.

—¿Adónde me llevas, estratega? - pregunté.

—El primer vuelo que salga decidirá por nosotros. Creo que aún cogemos el de Ámsterdam, de KLM.

—Holanda... sí, ¡¡qué guay!! Siempre he querido ir o a París o a cualquier ciudad de Holanda.

—Ay - exclamé -, no podemos ir a ninguna parte.

—Ah, ¿no?

—No, no llevo pasaporte.

—Lo tengo yo. Lo vi en tu habitación, en la tercera planta. Lo cogí sin saber por qué. Por si acaso... Fue un impulso extraño. Eso nos ha salvado.

—Tienes que ser el de mis sueños. Solo alguien así haría eso. Quizá sea cierto que me dejaste en esa casa por táctica, para poder escapar mejor. Me gustaría creerlo y voy a creerlo, aunque sea mentira. Necesito confiar y creer en alguna persona por primera vez en mi vida - dije.

—No te pido confianza. De momento no. Te voy a dar otra cosa mejor: hechos. Te digo que salimos de Rusia ahora. Dentro de unas horas estaremos desayunando en algún bonito café entre los canales de esa preciosa ciudad. La conozco bien. Te gustará.

Miré a mi ángel salvador. No podía apartar la mirada de su precioso rostro. De perfil era aún más guapo que de frente. Con esa nariz larga y recta, tan masculina, que le otorgaba tanto carácter. Esos ojos azules tan profundos y serios que se transformaban en cuanto yo lo miraba.

Era un niño grande, un niño fuerte y rápido, un hombre de acción, pero en el amor un crío. Se veía a la legua. Le temblaba ligeramente el labio inferior cuando le hacía preguntas comprometidas.

—Dime, secuestrador, ¿tienes novia?

—¿A qué viene ahora esa pregunta? - dijo mientras giraba el volante, nervioso.

—No sé en qué otro momento sería más conveniente hacerla. Si tú lo sabes, la aplazamos, pero quiero la respuesta de todas formas.

—No, no tengo. Ya está, contestada - dijo refunfuñón.

—¿Ves? Y no pasa nada. Yo tampoco tengo novio. No lo he tenido nunca. Mis novios han sido todos virtuales. Por internet. Y también los he tenido de tipo onírico.

—Oníricos... quieres decir, novios de sueños... - dijo inseguro.

—Claro, mis mejores novios. Mi novio era todo aquel que entrara en casa y me rescatara de mi encierro eterno, de esa maldita prisión de lujo asquerosa. Esta noche el sueño se ha convertido en realidad. ¿No es maravilloso?

—Seguro que para ti lo es, claro que sí. Pero a mí me parece que es estúpido. He arruinado mi carrera, mi reputación y mi vida ahora vale menos que cualquiera de esos blancos copos que caen sobre el parabrisas – dijo.

—¿Te arrepientes? Puedes llevarme de vuelta a esa casa.

—No. No me arrepiento, de eso estoy seguro. Algo más fuerte que mi propia mente me está haciendo actuar así. Es más fuerte que yo. No he podido evitarlo.

—¿No era todo estrategia? - pregunté.

—No, ya sabes que no. En el aeropuerto he tomado esta decisión. Y fui primero al aeropuerto precisamente para salir rápido de Rusia y no tener que tomar nunca esta decisión. Llegué a comprar ese billete a Monastir, lo tengo en el bolsillo.

\>\>Pero tu cara ha sido más fuerte que todo lo demás, que todo mi pasado, que este cruel negocio con el que me gano la vida. Tu rostro, tu jeta, tu careto. Joder, esa cara que tienes...no podía quitármela de encima. Me has hipnotizado, me has hechizado de alguna manera...

No pude evitar llorar ante las primeras palabras de amor que un chico me decía, aunque fuera un criminal y no fueran todo lo románticas que me habría gustado. No se puede tener todo. Me tocó él. Era el mío. No pensaba buscar otro. Solo él se atrevió a sacarme de allí y con él pasaré el resto de mis días.

No conseguimos asientos juntos porque el avión a Holanda iba lleno. Quedaban justo dos plazas, una en la última fila, junto a los baños, y la otra en la fila 9. Así pues, tuvimos que volar separados. De todas formas, yo me dormí nada más despegar.

6

Llegamos al aeropuerto de Schiphol (Ámsterdam) a las nueve de la mañana. Károl durmió durante todo el vuelo. Yo no pude. Veía posibles espías de su padre por todas partes. No pude conciliar el sueño ni un minuto.

Cogimos un taxi y, por el camino, llamé a un amigo holandés que me suele dejar una casa, siempre diferente, cuando paso unos días en la capital neerlandesa. A última hora de la tarde tendríamos la casa lista. Para descansar un poco ese mismo día, me ofreció su apartamento. Le dije que necesitaba dormir algunas horas, al menos tres o cuatro.

—¿Adónde vamos ahora, mi príncipe? - preguntó Károl.

—Hoy al piso de un amigo. Esta noche iremos a otra casa y estaremos ahí algunos días, hasta que decida qué vamos a hacer. Tengo que pensar. En pocas horas nos estarán buscando muchas personas, y no solo las pagadas por tu padre. Los señores de la casa adonde te llevé...

—De la que me rescataste enseguida, no te olvides - me interrumpió ella.

—Sí, de esa misma. Esos señores, representantes de muchos otros, poderosos y, por ello, sin escrúpulos, no van a aceptar lo que hice. No están satisfechos y van a intentar que vuelvas con ellos.

\>>Te tuvieron durante unos minutos y les arrebaté su ansiado sueño. Lo hice una vez y, de una manera u otra, tratarán de conseguirte de nuevo. Necesito dormir un poco, no puedo más. Después, iremos a comer, lo prometo. Estoy que me caigo.

—Descansa, mi pobre. Tanto trajín nocturno, no me extraña. Solo una cosa, que creo es importante. Aún no sé tu nombre.

—Es cierto. Soy Luka - dije intentando dibujar una sonrisa a pesar del cansancio.

—Luka - repitió ella girando la cabeza y mirando a través de la ventanilla. Nevaba en Ámsterdam aquella mañana gris.

—Luka - repitió la mujer más bella del mundo.

Mi amigo Freerk nos esperaba en la casa. Nos había preparado un buen desayuno que agradecimos ambos. No pudo evitar abrir mucho los ojos ante la visión de la sin par cara de Károl. Era un hombre.

Le afectaba igual que a todos. Quedó, por unos instantes, paralizado. Después de las presentaciones, salió de la casa. Pude ingerir algunos manjares antes de irme a la habitación que nos tenía preparada Freerk. Me caía de sueño.

Károl quiso acostarse también. Aunque había dormido en el avión, estaba agotada por las emociones de la noche. Necesitaba relajarse y descansar en un lecho firme.

El pequeño cuarto tenía dos camas bastante estrechas. Me acosté en calzoncillos y camiseta. Károl estaba en el cuarto de baño. Para cuando volviera, estaría dormido, pensé en aquel momento. Los párpados no me obedecían.

Me desperté pasadas las tres de la tarde. Esas breves horas de sueño, reparadoras, me ayudaron a entender bien la situación en la que me encontraba. Se me podía acusar de haber secuestrado a la hija de un poderoso magnate ruso, eso oficialmente. Era cierto.

Me acusarían también de traición a las normas no escritas entre los criminales. Entregué a una persona para, dos horas después, quitársela de las manos a los clientes que tanto dinero habían pagado por anticipado. Me buscarían hasta en el centro de la Tierra y no me darían una muerte rápida.

Media Rusia, además de la interpol, estaría ya detrás de mis pasos. La cagada era inmensa.

Pero estar junto a Károl y poder mirar esos ojos algunos días más, o aunque fuese unas pocas horas, merecía todo eso.

Károl estaba tumbada en la cama de al lado, despierta. Al parecer, solo había permanecido tumbada. No quería alejarse de mí. No se atrevía a salir sola del cuarto.

—Luka, no quiero volver a estar encerrada nunca más. No soy quién para pedirte nada, pero aun así me gustaría pedirte una cosa, solo una. Si ves que me van a cazar de nuevo para devolverme a mi anterior vida, pégame un tiro. Acaba con mi vida. Te lo suplico. No permitas que me encierren más.

>>He estado a punto de volverme loca muchas veces. Ya no podía más. Y tú me has salvado de todo eso. Te seguiré adonde haga falta, en las condiciones que sean. No tengo miedo y te obedeceré en todo.

>>Prométeme que me matarás antes de permitir que nos separen. Si no estoy a tu lado, no quiero vivir. Ese disparo será, créeme, el mejor acto de amor que podrías hacerme.

—Te prometo que vamos a estar juntos. No voy a matarte, Károl, porque nadie va a separarte de mi lado. Ahora necesito pensar bien. Los primeros días son fundamentales.

>>Si conseguimos darles esquinazo un mes, la búsqueda irá perdiendo interés para todos. Es ahora cuando estamos en máximo peligro, durante la primera semana. Vístete, ahora vamos a salir a un sitio.

Fuimos a casa de Gretje, una amiga de Freerk que, por algunos euros, haría el trabajo que necesitaba en aquel momento. Era maquilladora y asistente de un cirujano plástico famoso de Holanda.

>>Trabajaba como maestra de maquilladores para películas y series de televisión. La idea era que nos dejara tanto a Károl como a mí irreconocibles a través de algunos retoques. No se lo conté a Károl hasta que estuvimos la casa de Gretje.

—Estoy a su disposición, señores – dijo Gretje en un buenísimo inglés –. ¿Qué debo hacer?

—Freerk me ha contado sus capacidades excepcionales. Necesito que deje a esta mujer y a mí irreconocibles. Que nuestra madre no sea capaz de reconocernos, vaya – dije, pero de inmediato recordé la historia de Károl y un leve rubor me subió a las mejillas.

—¿Con o sin cirugía? - preguntó la especialista.

—Si es posible, sin – respondí.

—De acuerdo. Con usted no habrá mayor problema, podré hacerlo. Con ella... bueno, no sé cómo decirlo, pero será difícil cambiar esa cara tan perfecta. Y además, me dará mucha pena hacerlo, pero el cliente manda.

—Es necesario. Nuestro amor depende de ello -afirmó Károl con una alegría inusitada en la mirada.

—Te cortaré el pelo, te lo teñiré y trataré de reducirte esos ojazos inmensos a través de ojeras artificiales y oscureciendo los contornos. Te pondré un pequeño postizo en la nariz, la alargaremos, a ver qué tal.

\>>El maquillaje hace maravillas, pero no dura siempre. Tendréis que volver dentro de una semana, a ver cómo evoluciona.

—Perfecto. ¿Cuánto nos costará esta fiesta? -pregunté.

—Depende de la urgencia. Para empezar ahora, tendré que aplazar otros trabajos, y eso hay que compensarlo. En cambio, si empezamos pasado mañana, os costará la mitad.

—No hay tiempo para esperar. Ahora - zanjé sin dejarle continuar.

—Dos mil euros por cabeza. No saldréis de aquí hasta la noche.

—Como estos - dije sacando de la cartera ocho billetes de 500 euros y poniéndolos sobre la mesa.

—Da gusto trabajar con gente seria. Bueno, voy a empezar con ella, que es la más complicada.

Károl estuvo lista en tres horas. Ya no era la Károl que conocí, pero seguía siendo una mujer preciosa. No importaba lo que se hiciera con ella, era perfecta. Pero no se parecía nada a su aspecto habitual.

—No se puede afear un rostro así, lo siento. He intentado de todo, pero cada vez me parecía que incluso la embellecía más. No he visto una mujer más bonita que ella - dijo Gretje dirigiéndose a mí pero mirando el cambiado rostro de Károl.

Ahora era morena, con el pelo casi al rape, con los labios rodeados de arrugas artificiales y los ojos oscurecidos por muchas sombras diferentes. Estaba extraña, sí, pero bella.

Yo salí con aspecto de tener veinte años más. Pelo canoso y larguísimo, arrugas en el cuello, papada y ojeras colgantes. Esa mujer era un genio cambiando caras. Me miré en el espejo y di un respingo. Ni yo me reconocía.

Imposible que nos reconociera nadie. Menos mal que lo sabía Freerk porque, de lo contrario, no nos habría permitido entrar en su casa.

Un poco antes de las nueve de la noche salimos del apartamento de la maquilladora.

Károl y yo nos mirábamos y no podíamos parar de reír. La situación, además de salvarnos de ser localizados a corto plazo, se tornaba divertida y excitante.

Freerk se echó hacia atrás al vernos, a pesar de estar prevenido.

—Esta Gretje es algo único – dijo él.

—Sin duda. Ha sido una buena idea la que has tenido, amigo. Sabes que las ideas también las pago, y a precio de oro. Toma, esto es un extra. Te lo has ganado – le dije tendiéndole un sobre con muchos billetes grandes.

—No hacía falta, Luka. Ya me pagas generosamente por la casa. Sabes que me gusta ayudarte.

—Siempre hace falta más dinero, Freerk. En este mundo de hoy, constantemente – repliqué.

Cenamos los tres juntos y, hacia las doce, fuimos en taxi hasta la casa donde viviríamos una temporada. Era un piso que estaba a las afueras de Ámsterdam, en una tranquila urbanización de holandeses de clase media alta, funcionarios, pequeños empresarios, etc.

El piso carecía de cortinas y estaba lleno de cuadros y de estanterías rebosantes de libros en neerlandés, inglés, alemán e italiano. El estilo era minimalista. Tenía los muebles imprescindibles. La casa era pequeña pero tenía el espacio muy bien distribuido. A Károl le encantó.

—Es un nidito de amor ideal para una pareja que lleva poco tiempo de novios - dijo.

—Nido o no nido, es un buen agujero para esconderse hasta que fijemos otra residencia - añadí yo.

Yo, al contrario que Károl, llevaba una bonita peluca blanca. Me había convertido en un melenudo más propio de un rockero de los años ochenta, pero daba el pego.

El único dormitorio de la casa solo tenía una cama; era muy ancha, de matrimonio. Allí tendríamos que dormir los dos.

Me tumbé enseguida. El cansancio era más mental que físico. Necesitaba tumbarme y cerrar los ojos para pensar con claridad. Károl se acostó al otro lado de la cama. Cerré los ojos llamando al sueño, pero una voz desconectó la llamada.

—Por primera vez voy a dormir en la misma cama que un hombre - dijo Károl.

—¿Asustada?

—No, llevo soñando con algo así desde hace algunos años. Solo eran fantasías de adolescente. Ahora es una realidad. Estoy aquí, cerca de tu cuerpo. Solo pensarlo me hace perder un poco la cabeza. Es demasiado intenso. Lo creas o no, ni siquiera sé lo que es un beso. Aún no me lo han dado.

—Eso es bonito. Podrás darlo con más libertad al que de verdad te apetezca. Muchas niñas van regalando besos como si fueran caramelos al primer panoli que se cruza en su camino - dije.

—Solo tú recibirás un beso mío. Ningún otro hombre hollará mis labios. Pero antes me gustaría más recibirlo yo de ti. Que fueras tú el que me besara. En mis sueños siempre era así. De momento, no estoy preparada para otra cosa.

Estar hablando de sus fantasías, de un inocente beso, me estaba excitando. Sería difícil parar aquello una vez prendida la mecha. La niña me tenía ahí y no me iba a dejar escapar.

—Vamos a seguir tus sueños al pie de la letra. ¿Cómo era ese beso que el hombre de tus sueños te daba?

—Se acercaba a mí muy despacio, mirándome a los ojos de una forma magnética, de la que yo no podía huir. Y tampoco quería hacerlo. Lo esperaba. Estábamos de pie, él se acercaba a mí...

Dichas estas palabras, Károl se levantó y yo también lo hice. Me acerqué a ella, esperando sus palabras como verdaderas instrucciones de actuación.

—Se acercaba más y más. Su rostro a dos centímetros del mío. Sentía su aliento y su olor envolvía mis sentidos. Me quitaba un mechón de cabello que me cruzaba la frente.

>>Después bajaba la mano y me acariciaba la cara, las mejillas, la barbilla, los labios... Nos mirábamos, sin pronunciar palabra. Deseaba que me besara, pero él aplazaba ese momento sublime y se detenía en mis ojos.

Entonces, dos vehículos se detuvieron cerca de la casa con una frenada brusca y chirriar de neumáticos. El sonido no me pasó desapercibido.

A esas horas, y en un barrio residencial como aquel, ese sonido era como una alarma nuclear en un complejo militar. Me asomé a la ventana y vi cómo cinco hombres se aproximaban a la casa. Todos ellos con una pistola en la mano. Nos habían encontrado.

—Károl, nos han descubierto. No sé cómo, pero están aquí. Es imposible que nos reconozcan por las caras. Freerk no ha podido venderme. Hace años que me ayuda y soy siempre muy generoso con él. No, es imposible. De alguna otra manera acaban de localizarnos. Es demasiado pronto para ello.

—¿Qué hacemos? - preguntó ella, asustada.

—Si llaman, vas a abrir. Quiero comprobar su reacción cuando vean tu cara. Si es de sorpresa máxima, saben que estamos aquí pero desconocen el trabajo que Gretje ha hecho con nuestros rostros. Es la única esperanza y confío en ello. Es una intuición.

Un minuto después sonó el timbre del telefonillo del portal.

—¿Sí? ¿Quién llama a estas horas? - preguntó Károl con tono de enfado.

—Es la policía, señora. Tenemos una orden de registro - dijo una voz de hombre en perfecto inglés.

—Suban - dijo ella apretando el botón y abriéndoles la puerta.

Una vez arriba, Károl los esperaba con la puerta entornada. Los hombres, verdaderos policías holandeses vestidos de paisano, miraron a Károl y le enseñaron sus placas y la orden judicial que les autorizaba a registrar el piso.

—Tenemos órdenes de la interpol de entrar en la casa. Una mujer rusa ha sido secuestrada y es posible que se esconda en este piso. Debe usted franquearnos la entrada.

—Adelante, caballeros – dijo ella.

Como el piso era pequeño, en cinco minutos entendieron que allí no había nadie más. La extrañeza se apoderó de los semblantes de todos ellos. Todos ellos miraban dos fotografías en sus pantallas de móvil.

Yo fingí estar dormido cuando entraron. Me levanté y les pregunté qué pasaba. Me dijeron lo mismo que a Károl. No salían del asunto de la orden y del secuestro de una ciudadana rusa.

—No abandonen la casa. Mañana vendrán otros agentes a tomarles declaración. Disculpen las molestias. Es posible que nos hayan dado mal el número del piso. Vamos a registrar el edificio entero.

Los policías estuvieron un par de horas registrando cada uno de los apartamentos.

Por las caras, me parecieron todos holandeses; no había ni un ruso entre ellos. Alguien sabía a ciencia cierta que Károl estaba, como así era, dentro de ese apartamento, el 71B. Fueron precisa y únicamente a ese piso.

Después, al no encontrar lo que buscaban, registraron los demás. Pero era disimulo, pura fachada. Károl llevaba encima algún tipo de detector. Le dije que se deshiciera de su móvil en Moscú. De camino al aeropuerto lo tiró por la ventanilla del coche y la tarjeta SIM la lanzó varios kilómetros después.

Cuando al fin se marchó la policía, permanecimos en estado de alerta un par de horas. Hacia las 5 de la madrugada nos quedamos dormidos. Me desperté sobre las ocho. Károl dormía como una bendita. Teníamos que salir de allí sin ser vistos. El piso estaría vigilado las veinticuatro horas.

—Károl, despierta, por favor. Tenemos que salir. De alguna manera saben que tú estás aquí, pero aún no entienden su error. Y no están en ningún error. Vinieron justo al sitio preciso, pero nuestras nuevas jetas nos han salvado esta vez.

>>Tienes que tener algún tipo de detector. No sé, en el reloj, en ese anillo. Déjalo todo aquí. Quítate todo. Alguien te ha puesto un localizador. Es la única explicación que se me ocurre.

Salimos del piso y empezamos a caminar a paso normal. A los dos minutos teníamos un coche de la secreta a la espalda. No nos dejarían escapar. Llegamos a pie hasta el centro de la ciudad. Durante el camino expuse a Károl mi plan.

Íbamos a coger dos habitaciones de hotel, separadas. Necesitaba comprobar quién de los dos tenía el detector. Quizá fuera yo, de alguna manera que no lograba explicarme.

Una vez instalados cada uno en su habitación, era cuestión de esperar. Elegí las habitaciones en la misma planta, pero con un gran pasillo de separación entre ambas. Desde mi habitación se controlaba la entrada del hotel por la calle, a través de una ventana y, además, desde la puerta de la habitación, a través de la mirilla, controlaba todo el pasillo y la salida del ascensor.

No pasaron ni dos horas cuando dos hombres entraron en el hotel. Uno de ellos era ruso, sin duda. Los rasgos de la cara y su forma de mirar alrededor me confirmaron que era miembro de algún clan mafioso.

El otro sería, con seguridad, algún policía holandés a sueldo. Venían justo a este hotel. Estaba claro. Uno de los dos, o era posible que ambos, llevábamos encima un potente y preciso localizador GPS.

La pareja salió del ascensor. Aún no habían sacado las armas. Se dirigían hacia la habitación de Károl. Ella lo llevaba, pues. Salí de la habitación gritando en inglés:

—¡¡Policía, socorro!! Han entrado en mi habitación, ayúdenme. Tienen armas.

Empecé a correr por el pasillo. Los dos hombres sacaron sus armas y el holandés me gritó:

—Échese al suelo.

Me tiré de cabeza y puse las manos sobre la nuca. El que parecía un policía holandés atravesó con cautela y con la pistola en la mano el umbral de mi habitación. Aproveché ese momento para levantarme y mirar con atención al acompañante. Era ruso, de eso no cabía duda. Se había quedado junto a mí, y empuñaba su pistola con tranquilidad.

La situación no le alteró el gesto lo más mínimo. Miró cómo me levantaba, pero de inmediato su vista se centró en la puerta de mi habitación. La ocasión era la propicia. Con un certero y rápido golpe con el canto de la mano sobre el cuello, debajo de la nuca, lo dejé inconsciente.

Sujeté el cuerpo para que no hiciese ruido al caer sobre la moqueta del pasillo. Cogí su pistola y su cartera y fui hacia mi habitación. En ese momento, el holandés salía pues no había encontrado nada allí. Un golpe seco en la sien con la culata de la *Smith and Wesson* fue suficiente. Cayó como un fardo.

Tenía el tiempo justo de sacar a Károl de allí antes de que llegasen al hotel el resto de los hombres. Esos dos serían solo, pensé entonces, una avanzadilla, los exploradores. Estaban desconcertados por no haber encontrado a la chica pese a que el detector sí la había hallado con precisión.

Al salir por recepción, dejé un billete de 200 euros. A la chica no le di tiempo ni a abrir la boca. Necesitaba un coche. Un país tan civilizado como Holanda me ponía las cosas sencillas. Me planté en medio de la carretera y paré al primer vehículo que se acercó. El coche paró. Una mujer se bajó de él.

—Señora - le dije en inglés enseñándole la placa del policía holandés que cogí tras el culatazo -, requisamos su vehículo. Un peligroso terrorista anda suelto. Se lo devolveremos esta misma tarde. Perdone las molestias.

—Por supuesto, agente. Rápido - me gritó asustada, quedándose plantada en medio del mojado asfalto.

Puse rumbo al puerto. Por el camino hice una llamada a Freerk y le resumí la situación. Se quedó muy sorprendido. Le dije que necesitaba salir ya en algún pequeño barco de confianza, que no fuera demasiado lento. Me pidió cinco minutos. No pasaron ni tres cuando lo tuve de nuevo en línea.

—Luka, hay un hombre, conocido de un colega, que por un buen fajo de billetes, te lleva incluso a América. Está jubilado y le ha gustado el plan.

Apunta la matrícula del barco. Es una pequeña embarcación de recreo. No he encontrado nada mejor, pero ha sido rápido.

—Es perfecto, amigo. Tendrás, como siempre, tu sobre por esta magnífica gestión. Te lo haré llegar pronto. Hasta otra. Gracias – dije y corté la comunicación.

A los pocos minutos estábamos en el puerto de Ámsterdam. Nos llevó algunos minutos localizar el barco. Era rojo y el patrón ya lo tenía preparado para desatracar.

Lo saludé y le entregué un gran fajo de billetes de 500 euros, mucho más de lo que hubiera esperado. Su mirada, desconfiada al principio, cambió del todo y no dejó de sonreír a partir de entonces.

El barco tenía dos camarotes muy pequeños, pero era suficiente. Le dije que, en cuanto saliera de aguas holandesas, pusiera rumbo sur y después ya veríamos. Y que viajara, en todo momento, lo más cerca de la costa que pudiera. No tardarían en localizarnos de nuevo.

No había tiempo que perder y así se lo hice saber a la preciosa aunque cambiada Károl. Pasamos a nuestro camarote y cerré la puerta.

—Necesito que te desnudes. Ahora mismo – anuncié de súbito.

—Cuánto tiempo llevo esperando este momento. Así quería yo que me lo dijera un hombre. Necesitaba que me lo pidieras, querido.

—Károl, no, ahora mismo es otra cosa. Llevas un transmisor en el cuerpo. Alguna vez tu padre consiguió que alguien te lo insertara en el cuerpo, pero no sé en qué parte.

>>Tendré que palpar toda la piel, por todas partes. No creo que sea en la cara, pues nos la tocamos con frecuencia. Detrás de las piernas o en algún punto de la espalda son los puntos más probables.

—A tus órdenes – dijo ella, animada a pesar de que el desnudo no significaba lo que ella tanto ansiaba.

Se desnudó deprisa. De pie.

Primero se quitó el abrigo. Después la chaqueta de chándal rosa y luego una camiseta blanca ceñida la cual me informó bien del tamaño y forma de sus pechos divinos. Cuando se desprendió de la camiseta casi perdí el control de mí mismo. El cuerpo de esa Venus iba en consonancia con la perfección de su cara. Un cuerpo que no había sido mancillado por ningún dedo masculino. Y yo iba a tocarlo entero.

—Venga, Luka, empieza, no te quedes ahí parado. Mientras me quito el pantalón y las bragas vete palpando la espalda o lo que quieras. Tenemos que encontrarlo – dijo ella mirándome como no lo había hecho hasta ese momento. Una especie de picardía trató de abrirse paso en su aún inocente mirada.

Toqué primero sus hombros y los brazos. Ella se estremeció. Mis manos estaban muy frías. Hacía tres grados bajo cero en Holanda aquella mañana. Entonces, me froté las manos con tal fuerza que casi conseguí humo.

—Ah, esto es otra cosa. Muchas gracias, mi príncipe considerado. Así da gusto – dijo ella cuando volví a tocarla con las manos algo más templadas.

Su piel era un goce para el sentido del tacto. Las yemas de mis dedos se detenían y deleitaban en cada poro. Tocaba y presionaba un poco a lo largo del brazo y llegué a la mano. Se la apreté con fuerza, en un gesto que quiso ser cómplice de nuestra mortal aventura. Ella comprendió y me apretó a su vez, feliz, cerrando los ojos. En el brazo izquierdo no había nada.

Pasé al derecho. Me detuve más tiempo. Nada tampoco. Continué con la espalda. Empecé de arriba abajo y cuando estaba en la parte central del músculo trapecio izquierdo, noté un bultito que no debería estar allí. Estaba casi escondido en el hueco natural del hueso omóplato.

Era casi imposible hallarlo de casualidad. De todas formas, el padre de Károl no dejó que esa pequeña casualidad se produjera. Ese era otro motivo de tenerla aislada. La chica podría haber descubierto el aparato. Estaba cerca de la piel, pero requeriría un corte especial para sacarlo. No quería hacerlo yo, podría infectarse y tendríamos un problema irresoluble.

—Lo tienes aquí, Károl. Aquí está. Te han introducido un localizador.

—¡Sácamelo, por favor! Hazme libre al fin, libre de verdad. Sácamelo y huyamos lejos. Con cualquier cuchillo, no importa cómo. Rápido. Ya estarán viniendo a por nosotros.

—Un momento, voy a pedir ayuda al patrón del barco. Con la cantidad de billetes que le he dado por el viaje, tiene que ayudarme también en esto.

Salí y le expliqué al hombre, un holandés maduro, de entre sesenta y setenta años, el problema. Le pedí volver al puerto más cercano y tratar de buscar un médico que accediera a ayudarnos.

—Usted ha tenido suerte, señor - me dijo en su malo aunque inteligible inglés –. Estoy jubilado y solo me dedico, por placer, al mar y a mi barco. Pero he sido un prestigioso cirujano. Hacer eso por usted será un placer y cosa de segundos.

>>Por suerte, como soy mayor y a veces me produzco cortes y alguna que otra caída, llevo un excelente botiquín, hilo, varios bisturís y todo lo necesario. Vamos para allá.

—Vaya, esto sí que es increíble.

—Ustedes están enamorados. Voy a ayudarlos de corazón. Tienen que disfrutar de la vida. Vamos a sacarle ese maldito aparatejo a su preciosa mujer – dijo casi gritando ese hombre, encantado de poder pagar así la grandísima cantidad de dinero que se había embolsado.

Entré en el camarote y le expliqué a Károl la suerte que habíamos tenido con el cirujano. Batió palmas de la alegría. Y al jubilado se le cayó la baba al ver a Károl en braga y camiseta, sin sujetador.

En diez minutos, el minúsculo aparato, un cuadradito de metal de apenas dos milímetros que sería algún GPS de última generación, salió de la espalda de Károl. El médico intentó hacer el agujero lo menor posible, pero aun así hubo que darle un punto de sutura. Las manos de ese hombre conservaban un pulso muy firme.

Mientras el patrón del barco cosía la herida, salí a cubierta y arrojé el aparato al océano.

Estábamos cerca del puerto de Hoorn, al norte de Ámsterdam. Hacia allí nos llevó ese buen hombre y desembarcamos lo más rápido que pudimos. Un helicóptero volaba alrededor de donde yo había lanzado el aparato delator.

Estuve cerca, muy cerca de morir en ese punto del mar. Si llego a tardar cinco minutos más en encontrar el aparato nos hubieran cazado sin remisión.

—No se preocupen. Ahora salgo con el barco y voy a estar dando vueltas justo por ahí. Los entretendré un poco. Vamos a jugar. Desde que murió mi Thea estoy solo y aburrido. Este día ha sido magnífico para mí. Estoy contento de haber ayudado a una pareja que quiere estar unida. Sean felices y muchas gracias – dijo señalándose el bolsillo y guiñando un ojo.

—Gracias a usted – dije estrechándole la mano con fuerza –. Ha hecho un fabuloso trabajo. Nos ha salvado, amigo.

Había que salir de esa pequeña ciudad lo más rápidamente posible. A pesar de que nuestros rostros estaban irreconocibles y Károl ya no tenía el aparato en su cuerpo, no me fiaba de nada ni de nadie.

Quizá tuviera otros malditos detectores, no solo el del omóplato. Tendría que recorrer su piel minuciosamente, pero sin que se notara que seguía buscando. Lo haría con la lengua, además de con los dedos. Pero ese asunto tendría que esperar hasta que, al menos, hubiésemos salido de los Países Bajos.

Cerca del puerto vi una empresa de alquiler de coches. Cogí el más potente que tenían en ese momento, un Mazda 6 gris oscuro. Era perfecto para pasar desapercibidos. Con él saldríamos del país en muy poco tiempo.

Las ciudades se iban sucediendo con rapidez: Haarlem, Leiden, Róterdam, Dordrecht, Breda. En esta última ciudad devolví el coche y fuimos en tren hasta Amberes, ciudad de la vecina Bélgica.

Ahora todos los coches de alquiler disponen de sistemas de seguimiento GPS. No tardarían en atar cabos y acabarían localizando el coche que alquilé. Jamás cometo el error de infravalorar a mis enemigos, sobre todo cuando el objetivo es acabar con mi vida.

Otra vez a través de Freerk conseguí alojamiento en una casa particular de esta preciosa ciudad belga. La espectacular ciudad flamenca entusiasmó a Károl.

—Luka, ¡es una ciudad de cuento! No parece real. ¡Qué maravilla! Todo lo que estás haciendo por mí... Mi amor te lo pagará con creces. Me has tocado los brazos y un poco de la espalda. Me has visto desnuda ya. Y aún no me has besado. ¿No crees que ya va siendo hora? A este paso cumpliré diecinueve y seguiré pura y sin mácula.

Y allí, a la puerta del famoso castillo de Amberes, besé por vez primera a Károl. Sus labios sabían dulces y su inexperiencia me animó a ir despacio, con mucha calma, disfrutando de cada instante.

Como es comprensible, ella se encendió más de lo previsto, debido a tan larga y obligada abstinencia. Pegó su cuerpo al mío todo lo que pudo. Se frotó contra mí y así estuvimos, enlazados, hasta que anocheció. Había un viento helado que nos obligó a buscar refugio en algún local para calentarnos y comer algo.

Entramos en un restaurante que era una famosa brasería de carne. Hacía calor dentro y estábamos muy hambrientos. Comimos como verdaderos leones. No habíamos probado bocado desde la noche anterior. Una vez satisfechos, nos fuimos a la casa en taxi.

7

No terminábamos de consumar nuestro amor. O nos interrumpían, o me tenía que desnudar solo para descubrir algo bajo mi piel que nos salvara la vida... En fin, que empezaba a pensar que nunca tendríamos unos minutos a solas para nosotros dos solos.

Estaba ansiosa por acabar la cena y llegar a la casa de Amberes, acostarnos juntos y permitir a Luka que hiciese lo que quisiera con mi cuerpo. Lo estaba deseando. Nada me apetecía más en aquel momento ni me parecía más importante.

Me duché yo primero. Tenía miedo de que, si me duchaba la última, Luka, debido al cansancio de ese frenético día, se durmiera al instante. Y eso es lo que estuvo a punto de sucederme a mí. Menos mal que Luka se ducha muy rápido y llegó a los pocos minutos.

Yo lo esperaba desnuda en la cama, tapada con la sábana. No quería perder más tiempo. Más bien, no podía. Allí me tenía, desnuda y a su disposición. Él entró en el cuarto tapado solo con la toalla de cintura para abajo. Su torso era fabuloso, con los anchos hombros destacando sobre todo lo demás.

Tenía un poco de vello en el pecho, solo en el centro, como una especie de uve. Estaba muy musculado, muy definido. No estaba hinchado, como otros hombres que he visto en la pantalla de mi ordenador. Los culturistas hipertrofiados y hormonados no me gustan demasiado. Incluso Luka estaba en el límite.

Un poco más de entrenamiento le haría parecerse a ellos, pero de momento estaba en su punto. Él se quitó la toalla junto a la cama. Cuando lo hizo estaba de espaldas. Vi su ancha y definida espalda, coronada por abajo por una fina cintura, con unos músculos lumbares muy desarrollados.

Tenía un cuerpo precioso que no podía dejar de mirar y que soñaba con acariciar. La parte delantera no pude verla porque se sentó en la cama y se tapó con rapidez con la colcha de la cama.

Seguíamos en el mismo punto, casi como al principio. Ya nos habíamos besado, pero eso era todo. Recé por que no viniera nadie a interrumpirnos. Que nos mataran a la mañana siguiente si así había de ser, pero que nos permitieran tener una noche a solas. Al menos una.

Nos sorprendimos mirándonos el uno al otro. No existía nada más en el mundo salvo los ojos del otro. Con aquellos arreglos de esa chica holandesa estábamos extraños, pero la forma de mirarnos era la misma. Entonces, Luka se acercó a mí y me atrajo con sus brazos hacia él. La punta de mis pechos rozó su pectoral.

Se me pusieron duros los pezones, como si estuviera bañándome en el mar. Quería frotarme más a él pero esperé el momento oportuno. Luka me pasó la mano por la espalda, por los hombros y bajó hasta la cintura. Allí la dejo. Entonces me besó y yo me pegué a él como si me fuera la vida en ello.

Le agarré del cuello y acabé poniéndome encima, sin haberlo planeado. Ahora él podía ver a la perfección casi todo mi cuerpo, en especial esos órganos que tanto gustan a los hombres. Las acarició y comenzó a besarlas. Me agaché un poco para facilitarle la tarea. Cuando me mordisqueaba los pezones una sensación eléctrica se apoderaba de mi cuerpo entero. No podía evitar gemir y gritar.

Eso lo excitó sobremanera. Siguió mordiéndomelos sin tregua. Con uno de los muslos notaba su erección. Jamás había visto ninguna en vivo. Alguna vez, en algún vídeo de youtube, llegué a ver unos segundos, pero se cortaba de repente.

Mi padre tenía contratados a hackers informáticos para boicotear todo lo que no quería que yo viera. Quería subirme sobre él. Tenía un poco de miedo.

Era virgen y no sabía bien cómo hacerlo, si me dolería, o si él notaría mi inexperiencia y me aborrecería por ello. Disipé esos temores a base de besos y caricias. Le besé el pecho, el cuello, los brazos y el vientre.

Estaba muy húmeda y eso facilitó que, sin buscarlo, en uno de nuestros giros para besarnos y abrazarnos, la punta de su miembro entrara en mí. Él iba con mucho cuidado. Sin duda estaba al tanto de mi virginidad. Yo misma le había contado que mis únicos novios habían sido virtuales.

Noté un dolor intenso, pero fue corto. Al poco tiempo me sentí mejor y Luka me agarró del culo para incitarme. Quería que me moviera. Yo estaba sobre él, sentada, mirándolo a los ojos.

Ya estaba, al fin hacía el amor con mi príncipe salvador. Excitada y feliz, las lágrimas salieron como impulsadas por un resorte. Sonreí, para que él entendiera que lloraba de gozo, de alegría, de alivio y de libertad.

—Gracias, Luka, gracias, mi tesoro – le dije, entre gemidos.

Luka estaba concentrado y preocupado por mí. En cuanto notó que no sentía más dolor, se empezó a mover él también y ondulamos al unísono a un fuerte ritmo que empezó a provocar sonidos en la cabecera de la cama. Seguimos así, incrementando la velocidad.

El placer empezaba a invadir todo mi ser. Fue como una ola de colores, eran colores que me envolvían y rayos eléctricos que me sacudían vientre y pechos. Tuve el primer orgasmo de mi vida y chillé, grité con todas mis fuerzas hasta quedarme casi afónica.

Los gritos provocaron que Luka se corriera conmigo, a la vez. Nos fundimos en un abrazo de besos y mordiscos y volvimos a empezar. De nuevo me senté sobre él. Luka estaba listo para más.

No soy consciente de haberme quedado dormida, pero tuvo que suceder puesto que me desperté cuando el sol estaba muy alto en el cielo. Había amanecido con sol. El día era muy frío y ventoso, pero para mí el mejor de mi vida. Luka estaba allí, a mi lado, con los ojos abiertos, contemplándome.

—Luka, ¿me quieres?

—Todo lo que he hecho desde que te vi solo puede ser debido a que te amo, sí - me contestó.

—¿Me querrás siempre? Sé que suena cursi y que no se pueden decidir cosas así, pero yo sé a ciencia cierta que sí, que te voy a querer siempre.

—Casi no te conozco, Károl. Pero también siento algo especial. El destino nos ha juntado de esta manera. Tiene que ser por algo. Sí, te querré siempre. No quiero querer a otra, no existe nadie más en el mundo. Ya no hay mujeres sobre la Tierra. Estás tú, estoy yo y está el resto de los hombres.

—Luka, es posible que nuestro siempre sean unas horas, o unos días a lo sumo. No nos dejarán ser felices. En ese sentido, tengo mucho miedo. No miedo a morir, a eso no. Miedo a perderte; me aterroriza que puedan separarnos y no nos volvamos a ver. Estoy preocupada.

—No estamos en una buena situación, eso es cierto. Y el único plan, de momento, es permanecer ocultos y movernos sin parar. En esta huida vale todo, no hay reglas. Pasaré por encima de todo aquel que intente separarnos. Ahora vístete, querida. Salimos hacia el sur. Vamos a Francia.

8

Luka alquiló un Seat León ST Cupra. Estaba alquilando coches de gama media pero muy potentes por si surgía alguna situación comprometida que, pensó, no tardaría en producirse. Tras un copioso desayuno en una cafetería de las afueras de Amberes, emprendieron viaje hacia el sur.

Károl, sentada junto a él, miraba a Luka sin poder apartar la vista. Le parecía que no podía existir hombre más guapo sobre el planeta. Miraba sus grandes manos, de dedos largos y gruesos.

Esas manos que la habían tocado durante toda la noche, aquellos dedos que le acariciaron la piel en el barco, palpándola de aquella extraña manera. Károl respiraba cada segundo de libertad como si fuera el último.

Estaba acostumbrada a ver frustrados todos sus deseos y por eso creía que su felicidad no duraría mucho tiempo. Lo asumía y el mismo hecho de aceptarlo le infligía un profundo dolor en el corazón. No conseguía calmarse.

Entraron en Francia y recorrieron el país de norte a sur a través de las excelentes autopistas galas. Pararon en Burdeos a media tarde para comer algo. A Luka la tarde le pareció extrañamente silenciosa, de preludio de tormenta. Algo estaba a punto de suceder.

Su sensible instinto le avisaba. Debían prepararse. En cualquier momento, su tranquilidad estallaría de golpe y era posible que no volvieran a recuperarla. Tenía que dejar de mirar a Károl y concentrarse en las personas que los rodeaban.

Salieron de Burdeos y, cuando llevaban recorridos poco más de sesenta kilómetros, un coche se pegó al parachoques trasero del Seat de Luka. Éste aceleró, mas el vehículo no se separaba. Puso el coche a ciento ochenta kilómetros por hora, pero ni por esas. Subió a doscientos y el coche seguía pegado. Era un Range Rover Sport de color naranja metalizado.

Károl, al notar los cambios bruscos de velocidad, notó que ocurría algo extraño y miró a Luka. El rostro de su príncipe estaba tenso. Miró hacia atrás, volviendo la cabeza, y vio al todoterreno pegado a la parte trasera de su coche.

—Luka, ¿será la policía francesa?

—No lo creo. Ese vehículo es uno de los todoterrenos favoritos de los millonarios moscovitas. Es posible que sea casualidad, pero no creo en ellas. Vamos a salir de la autopista.

Luka abandonó la autopista en la primera salida. El Range Rover no los siguió. El vehículo naranja continuó su ruta por la autopista principal.

Luka cogió la carretera comarcal que conducía hasta Arcachon, una localidad turística muy popular en verano, famosa por sus playas y las dunas salvajes de los alrededores. Anochecía y Luka prefería estar en tierra firme para recibir como se merecía a sus perseguidores, si es que los habían localizado, como parecía.

En Arcachon, alquilaron una habitación en uno de los pocos hoteles que permanecían abiertos fuera de temporada.

Károl encendió la televisión y vieron, con estupor, que casi todas las cadenas hablaban de ellos y mostraban las fotografías de ambos. Ella sabía francés y pudo traducirle a Luka lo que la locutora iba comentando.

—Dicen que una banda de peligrosos secuestradores tiene a una joven rusa en su poder y que la policía francesa sospecha que en estos momentos están cruzando Francia hacia el sur. La policía va a movilizar a todos sus efectivos para rescatar a la mujer. Incluso el ejército va a colaborar. Luka, estamos perdidos. Nos han encontrado. Ese coche era de la policía.

—Saben que estamos en esta zona de Europa. Seguramente estarán dando la misma noticia en los Países Bajos y también en Bélgica. No creo que sepan dónde estamos exactamente.

>>Están tratando de asustarme, para que cometa una tontería. Tu padre tiene mucho poder para lograr que las televisiones occidentales, en hora de máxima audiencia, se ocupen, como noticia del día, de nosotros. Busquemos otros canales.

Encontraron dos cadenas holandesas y una belga. En las tres emitían la misma noticia, solo que en las cadenas holandesas el francés era sustituido por el idioma neerlandés. Las mismas fotos y la misma entonación.

—¿Qué te dije? - exclamó Luka.

—Lo sabías. Entonces, no saben bien dónde estamos.

—No sé si no lo saben o están disimulando, que también podría ser. Tendrán órdenes de andar con mucho cuidado para que tú no sufras daño alguno. Están intentando asegurarse.

Nada más terminar de decir esa frase, una brutal explosión que hizo temblar los cristales de la habitación los sobresaltó a ambos. Luka abrió la ventana y miró hacia la calle. El Seat León ardía y una espesa nube de humo negro ascendía hacia lo alto.

Ya está, se dijo Luka. Nos tienen. Están aquí. Pero por qué están tardando tanto... ¿A qué juegan? se preguntó en un conato de impaciencia que se apresuró a anular, pasando al frío análisis como era su costumbre.

—De acuerdo – dijo en voz alta –, están aquí y nos han localizado. No hay muchas opciones ahora mismo. Podríamos salir corriendo hacia ninguna parte o quedarnos a escuchar su propuesta, que nos harán en breve.

—Luka, entregarnos nunca. Nunca. Antes me matas. Recuerda lo que te dije en Moscú.

—No vamos a entregarnos. Estoy reflexionando en voz alta, eso es todo. No creo que sean hombres de tu padre, pues habrían conseguido volar el coche conmigo dentro. Más bien me inclino a pensar que son hombres de Gueorgui Platónov, justo el hombre que me encargó el trabajo de secuestrarte.

—¿El que estaba en la casa adonde me llevaste? - preguntó Károl.

—El mismo. Pero puedo estar equivocado. Parece que nos han seguido desde Ámsterdam. Hemos despistado a la policía holandesa con nuestro maquillaje, pero ellos, de alguna forma, han adivinado todo.

—Hay dos personas que podrían haberles informado sin problema – le recordó a Luka ella.

—Lo sé. De Freerk respondo, dudo mucho que haya hecho algo para perjudicarme, pero no puedo decir lo mismo de la maquilladora. Es probable que la hayan presionado y haya cantado como un jilguero. Ponte el abrigo, deprisa, nos vamos. Nos tendrán rodeados, pero parece que quieren jugar a policías y ladrones.

Károl y Luka salieron del hotel y caminaron en dirección al mar. Luka no veía a nadie. Estaban ahí, vigilándolos, pero no actuaban. ¿Qué era lo que ocurría? Buscaría algún coche en el que salir de Arcachon. Cerca de la playa había un pequeño estacionamiento con dos filas de vehículos.

Las sirenas de la policía empezaban a acercarse al lugar de la explosión. Luca aprovechó tal circunstancia para abrir uno de los coches. Sonó la alarma, pero el sonido quedaba amortiguado por las sirenas de la policía y el coche de bomberos.

Era un Audi A6. Luka, pasando un dispositivo electrónico por la carcasa central, consiguió arrancar el coche, que tenía clave de seguridad. Los mejores ladrones de coches de lujo de Rusia eran todos amigos suyos.

Salieron como una exhalación del pueblo. Cuando se iban a incorporar a la autopista que abandonaron por culpa de aquel molesto Range Rover, se les aproximó un coche.

Era de alta gama porque Luka no conseguía dejarlo atrás. En realidad, se dio cuenta Luka unos segundos más tarde, eran tres los vehículos que habían salido en su persecución.

Puso al Audi a 230 kilómetros por hora, pero los coches seguían cerca de él. La carretera era recta. Solo las curvas podrían salvarlo. Luka aún no había encontrado, fuera de pilotos profesionales, hombres que tuvieran su corazón trazando curvas a la velocidad que podía hacerlo él.

El coche estaba limitado electrónicamente a 250 km/h. No era mala velocidad, pero a ese ritmo la gasolina le duraría menos de cien kilómetros. Le quedaba un tercio de depósito, no más.

Entonces, dio una espectacular frenada que hizo que se les clavaran a ambos los cinturones de seguridad en el pecho. Lo hizo justo después de una fuerte aceleración.

Esto cogió a los tres coches perseguidores desprevenidos y no pudieron frenar igual que él. Pasaron de largo los tres, frenando todos al tiempo. Luka dio la vuelta y empezó a circular hacia atrás, encendiendo las luces largas de carretera. Los tres coches dieron la vuelta con rapidez y aceleraron.

Luka bajó la ventanilla y disparó al Mercedes que tenía más cerca, que ya casi lo había alcanzado. Reventó los dos neumáticos delanteros y el coche se salió de la carretera, atravesando la mediana y estrellándose contra el pilar de un puente. Detuvo el vehículo. Los otros dos coches, un BMW 530i y un Porsche Panamera, lo imitaron.

Károl respiraba fuerte, emocionada por la persecución y encantada de que su príncipe luchara de esa manera por la libertad de ambos. Le apeteció besarlo en ese momento, pero se contuvo a duras penas. Estaba tan guapo cuando la muerte estaba cerca...

Luka aceleró poniendo la palanca de cambios, automática, en posición S (sport), para dar más aceleración y embistió al Porsche. Los diez airbags del vehículo saltaron, protegiendo a Károl y a Luka. El Audi aún funcionaba. Dio marcha atrás y salió disparado hacia adelante, por la autopista.

El BMW tardó unos segundos en reaccionar y dar la vuelta. Luka aprovechó esa pequeñísima ventaja para conseguir perderlo. Embistió al Porsche porque el Panamera alcanzaba casi los 300 km/h, 282 en el caso del 4S que había destrozado, y jamás podría haberse separado de él.

En cambio, el BMW estaba limitado a 250 también. Apagó las luces del vehículo y condujo así unos metros. Llegaron dos curvas seguidas y

Luka aprovechó para salirse de la autopista. Quizá el perseguidor no lo viera.

Tenía que arriesgarse a hacer algo. Del motor del Audi salía ya abundante humo; algo grave se había roto en el choque. Salieron a un camino de tierra y entonces el coche se paró. Se encendieron todos los señalizadores rojos del salpicadero.

Abandonaron el coche y empezaron a correr hacia el mar, que quedaba a unos 500 metros a su derecha. Llegaron a la orilla del mar, que esa noche invernal estaba bastante revuelto. El fuerte sonido del oleaje perjudicaba a Luka. Así no podría oír a los perseguidores. Un kilómetro adelante se veían algunas luces.

Parecía una aldea de pescadores. Se dirigieron hacia allá, cogidos de la mano. Las luces de un vehículo aparecieron por la izquierda. Era el BMW, con luces largas, buscándolos.

Se tumbaron en la arena, protegidos entre unos matorrales y carrizos bajos. El coche había salido del camino. Se abrieron las puertas y salieron varios hombres. Todos rusos.

Tenían que llegar al pueblo o estarían perdidos. Él muerto y Károl esclavizada de por vida, pensó Luka. No debían preocuparse por hacer ruido en la arena. Las olas rompían con estrépito en la orilla y algunas varios metros más atrás. El fuerte rumor de la marejada ahora les beneficiaba claramente.

—Corre, Károl, corre hacia el pueblo. No mires atrás y no te detengas. Vamos - gritó Luka.

Károl corrió como nunca lo había hecho. A los doscientos metros se quedó de repente sin aliento y un fuerte dolor en el costado hizo que bajara el ritmo. Luka llegó a su altura, la cogió de la mano y tiró de ella, consiguiendo que volviera a correr con más rapidez. El pueblo estaba a menos de trescientos metros.

Allí tendrían alguna posibilidad, aunque remota, de esconderse. Todavía no los habían localizado. Se oían voces por todas partes y el claxon de un coche.

El Panamera llegó también, con ruido de robot escacharrado, con el parachoques delantero arrastrado y ambos faros delanteros fundidos por el impacto. Otros cinco hombres se unían a la búsqueda.

La pareja perseguida llegó hasta las inmediaciones del pueblo. Károl estaba que echaba el corazón por la boca. Le dolía mucho un costado, le había dado flato y trataba de recuperar el resuello. La aldea poseía un pequeño malecón de hormigón y grandes piedras.

Habían creado una cala artificial para proteger las embarcaciones de pesca. Hacia allí se dirigió Luka, en busca de alguna barca de motor potente, una zodiac o alguna otra lancha neumática. Halló solo una. Estaba amarrada con varios cabos. Luka los soltó velozmente y subió a la lancha.

Le dijo a Károl que saltara, que él la cogería con los brazos. Así lo hizo ella. Le costó arrancarla. Tiró de la cuerda de arranque repetidas veces, pero el motor no entraba en funcionamiento. Las voces de los rusos se oían cada vez más cercanas. Al final, gracias a un fuerte y desesperado tirón, logró arrancarla.

Salió hacia mar adentro a la máxima velocidad.

—¡Luka, lo hemos logrado! - aulló Károl –, escapamos con vida, de momento.

—Tú lo has dicho, querida, de momento. Pero sí, ahora mismo disponemos de algunos minutos que habrá que aprovechar bien. La costa vasca francesa está muy cerca. En Biarritz tengo un familiar, un primo que se trasladó a vivir allí hace unos años. Quizá pueda contar con su ayuda.

—¿Qué te induce a pensar así? - inquirió ella, dubitativa.

—Salvé su empresa. Hace un par de años, tras más de una década sin saber nada el uno del otro, consiguió localizar mi correo y me escribió una carta pidiéndome ayuda para reflotar su empresa de exportación de vino francés a Rusia.

>>Estaba en números rojos. Lo ayudé y salvé la empresa. Solo obtuve de él un escueto gracias, pero espero que no lo haya olvidado. Siempre ha sido un chico demasiado introvertido.

Por suerte, el depósito de la zodiac estaba lleno y consiguieron llegar hasta Biarritz.

Llamó a su primo, pero el teléfono estaba desconectado a esas horas de la noche.

Buscaron un hotel. Al ser temporada baja, lo encontraron al primer intento, junto al casino. El hombre de recepción exigió el pasaporte de ambos. Ambos lo llevaban, pero no se parecían en nada a las respectivas fotografías.

El recepcionista, un calvo bajito, con gafas, miraba de hito en hito ambos rostros. Luka sacó del bolsillo un billete de 200 euros y lo introdujo dentro de su pasaporte. El hombre, sin mirarlo, cogió el billete y realizó, sin más dilación, la reserva.

Estaban tiritando de frío debido al helado aire de mar y a la velocidad que imprimieron al principio, para alejarse con seguridad. Por ello, se metieron juntos a la ducha, pusieron el agua a una temperatura de casi cincuenta grados y estuvieron ahí, calentándose, diez minutos.

Cuando empezaron a desentumecerse, sus cuerpos, juguetones, se enlazaron. Bajo la caliente agua que les caía desde arriba, se besaron y se acariciaron. Luka no se fiaba y cerró la ducha. Le ordenó a Károl que se metiera en la cama. Necesitaban silencio, para prevenir sorpresas desagradables.

* * * *

Károl esperó a Luka en la cama. Estaban demasiado agotados tras todo un día de huidas, carreras y persecuciones. A Károl se le cerraban los ojos. Cuando llegó Luka los abrió, pero Luka, al oído, le recomendó que durmiera. Necesitaban recuperar fuerzas. Dormirían abrazados, juntos, pero no era buena idea perder las pocas horas que tendrían para descansar.

Por la mañana llamaron a la puerta. Luka se despertó sobresaltado y fue a abrir. Echó un vistazo a través de la mirilla y vio a varios agentes de la policía francesa.

—Policía. Abran la puerta - dijo uno de ellos en voz muy alta en inglés, con mucho acento, aporreando la puerta -. ¡Abran o la echamos abajo!

Luka se acercó entonces a la ventana y vio el despliegue policial que había abajo. No había escapatoria. Los habían cazado. Pero ¿cómo?

Luka abrió y los agentes entraron en la habitación. Pidieron a Károl que se vistiera. Para ello saldrían de la habitación durante un minuto.

—Luka, ¿qué hacemos? ¿Cómo escapar?

—No podemos, cariño. Se acabó, me han cogido. A ti no te pasará nada, no te preocupes, tú no has hecho nada. A mí me acusarán, supongo, de tu secuestro. Vamos a esperar. Es imposible que te identifiquen con la Károl secuestrada, porque no te pareces nada, pero alguien les ha dado este chivatazo.

Se llevaron a ambos, sin esposar, pero no a la comisaría de policía de Biarritz sino a un caserón abandonado a las afueras de la pequeña ciudad. Ese hecho dio a Luka alguna esperanza. No era asunto solo de la policía. Había algo más.

Sentaron a Luka y a Károl en dos sillas dentro de una habitación vacía y tres agentes se quedaron custodiándolos. A los cinco minutos apareció Platónov con varios de sus hombres, todos bien trajeados, sin armas y aparentando ser miembros del FSB ruso (la antigua KGB).

—Buenos días, querida parejita – dijo Platónov en ruso.

—De modo que es todo cosa suya – dijo Luka.

—Por supuesto. Tu escapada nos ha abierto, a mí en especial pero a más interesados, una puerta que no hemos dejado escapar. Nos hemos hecho responsables, ante Vitali Markov, del secuestro de Károl.

>>Él piensa que la tenemos nosotros. Nos hemos ocupado de, a través de contactos de alto nivel, que los noticieros de toda europa occidental del norte, se ocuparan de vosotros. Habéis salido en Holanda, Bélgica, Dinamarca, Francia, Alemania e Italia.

—No entiendo aún cómo sabéis que somos nosotros. Ni nosotros mismos podemos reconocernos – dijo Károl.

—Todo es cuestión del número de ojos y oídos. Tengo muchos a mi servicio y vosotros, entre los dos, sumáis solo cuatro. Cuatro ojos y cuatro oídos son muy pocos, Luka, aunque seas el mejor en lo tuyo. Tengo espías por todo el mundo. Te sorprendería saber en qué lugares. Bien, vamos a lo nuestro.

—No hay ningún trato, Platónov. Me he cansado de obedecer y de hacer justo lo que otros quieren para sus intereses. Máteme o déjeme ir, porque no pienso hacer nada.

—Dijiste hace no demasiadas horas que harías para mí dos trabajos gratis. Voy a respetar ese trato. Seguirás con Károl, si así lo queréis ambos – dijo Gueorgui Platónov, mirando a Luka y sacando el móvil del bolsillo.

—Solo tenéis que hacer lo que os diga – continuó –. En primer lugar, Károl va a hablar ahora unos segundos con su padre, para que se convenza de que soy yo quien la tiene, como así es, de hecho.

>>He conseguido negociar con él algunos flecos y espero que, tras esta llamada, todo llegue a buen puerto. Que Károl estuviera fuera, en paradero desconocido, lo hemos aprovechado, y de qué modo, Luka, de qué modo...

—Bien, Károl va a decir a su padre que está en tu poder, pero que está bien y que no le han hecho daño, de acuerdo. Pero entonces, ¿qué pinto yo en todo esto? - dijo Luka.

—Tú vas a hacer un último trabajito. Vas a volver a Moscú con Károl y entregarla a su padre.

—Después, si deseas estar con ella para siempre, comer perdices y ser felices, es asunto íntimo donde yo no voy a entrar. En cuanto se produzca la entrega, haré valer ante Vitali las condiciones del acuerdo. Deberás volver a entrar a por ella, si así lo deseáis ambos.

>>Ya no es mi problema. Seguro que puedes conseguirlo. Será, sin duda, más complicado que la otra vez, pero ¿qué hay imposible para ti? Me

dijeron que nada. Por lo tanto, esta misma tarde estaréis en Moscú. Vais a volar en una avión privado que sale de un aeropuerto militar cercano.

>>Te pedí secuestrar a Károl y lo hiciste. Después te la llevaste, y eso no me hizo ninguna gracia, pero, como os he dicho, he aprovechado la circunstancia. Y, como no soy rencoroso, voy a olvidarme de todo.

>>Podréis estar juntos. Solo tienes que volverlo a hacer. Por tercera vez. Llevarte a Károl va a ser una especie de costumbre para ti.

—No me parece divertido – dijo Károl.

—Lo mismo digo – agregó Luka.

—Quizá no lo sea, pero es lo que hay, chicos. No lo podéis dejar, solo tomarlo. Estáis cogidos. Por supuesto, puedo entregar yo mismo a Károl a su padre, pero entonces te será más difícil ir luego a por ella. Decide – dijo Platónov.

—No vamos a ninguna parte. Ni ella ni yo. Le prometí no volver a separarnos jamás. En caso de que pudiera ocurrir, tomaríamos las medidas adecuadas – explicó Luka.

—¿Qué medidas son esas? - quiso saber Gueorgui.

—Dos pequeñas cápsulas que tenemos ahora bajo la lengua. Vamos a tragarlas y todo acabará para nosotros. Después, hagan ustedes lo que quieran con nuestros cuerpos. Nos importa poco – aclaró Károl.

—Un momento, muchachos, escuchad un segundo. No traguéis nada aún. De acuerdo, tenéis un pequeño as en la manga, está claro.

\>>Vale. Károl muerta no solo no nos sirve de nada sino que la culpa de todo la tendré yo y se preparará una cruenta guerra que ignoro cómo puede acabar, pero donde todos perderemos mucho. Bien, escucho. ¿Qué es lo que proponéis?

—Károl puede hablar ahora, no veo por qué no, con su padre. Pero después nos levantaremos de estas incómodas sillas y nos iremos para siempre.

\>>No hay propuestas. O vivos y libres, juntos, o muertos aquí mismo, en este sucio caserón de la costa atlántica francesa. Estamos dispuestos a morir. No voy a separarme de ella.

Károl miró a su príncipe con orgullo. Sin duda, ese hombre superaba sus mejores fantasías. Solo era leal a ella, a su amor por ella.

Platónov marcó el número de Markov y Károl Markova habló con su padre durante unos minutos. Le dijo que estaba muy bien y que se sentía mejor que en Moscú. Después, Platónov y

Vitali hablaron durante unos minutos en privado.

—Vosotros ganáis. Salid. Muertos no me servís de nada. Necesito que Károl esté viva y que, de vez en cuando, hable con su padre. Tenemos que resolver ese asunto, Mijaíl - dijo Platónov utilizando el verdadero nombre de Luka.

Luka se quedó paralizado. Era la primera vez que alguien se enteraba de su nombre. Miró a Gueorgui con gesto de preocupación, tratando de leer en sus ojos si conocía más secretos suyos.

—Mijaíl Andréyevich Markúlov. Ese es tu nombre completo y auténtico - dijo Platónov -. Naciste en una aldea perdida de Altái. ¿Te digo también el nombre? Turochak. Por tu cara veo que has mantenido todo esto en secreto.

>>Pero, como os acabo de decir, no hay secretos para mí con tantos miles de ojos y oídos trabajando para mí. Trabajaste para los cuerpos especiales y fuiste uno de los mejores. En Moscú unos policías mataron a tu hermano y decidiste abandonar las Spetsnaz para dedicarte al crimen organizado.

>>Te haces llamar Luka. El padre de Pasha, al que secuestraste hace tres años, me ha ofrecido muchísimo dinero por entregarte. Pero no es dinero lo que necesito. Vais a salir de aquí ahora, sí. Pero escúchame bien, Mijaíl.

>>Tienes que estar localizable y vas a hacer para mí algunos trabajos más. Me ofreciste dos gratis, y así lo harás.

>>Después habrá otros dos que serán muy bien remunerados. A partir de ahí, serás libre de continuar conmigo o abandonar este negocio. Ya lo pensarás. Si me engañas o me traicionas, toda tu familia de Turochak morirá.

—Oh, Luka... - dijo Károl compungida.

—Estoy de acuerdo en trabajar más para usted, siempre que Károl quede al margen de todo. A ella no la volverá a ver – dijo Luka.

—Pierde cuidado. Me vas a ser muy útil en los próximos meses - dijo Platónov –.Yo te prometo protección para Károl constante si tú cumples y me eres fiel.

>>Ella queda al margen de todo, te lo garantizo. Disfruta unos días con tu chica. Dentro de dos semanas estarás en Kazajstán. Te diré lugar y hora exacta. *Do skórogo* (hasta pronto).

Luka y Károl salieron del caserón. Estaban libres para ir adonde quisieran, al menos durante unos días.

Estaban muy cerca de la frontera con España. Decidieron pasar esas dos semanas en el sur de ese país. Eligieron una de las esquinas de esa cuadrada piel de toro, la suroeste. Se instalaron en un pueblo de la famosa Costa de la Luz gaditana: Chipiona.

Alquilaron una casa que estaba en plena playa de Regla. Cuando subía la marea, desde las ventanas solo se veía el mar, cubría toda la parte baja de las habitaciones. Era como vivir sobre el mar.

La casa le pareció a Károl justo la de sus sueños. Viéndola tan feliz, Luka decidió que intentaría comprársela a los dueños, aunque le habían dicho que no estaba a la venta. Ellos vivían también ahí, en otra parte del gran caserón.

Por la mañana paseaban por la playa. Luka incluso se bañaba, aunque el agua estaba muy fría. Para él estaba perfecta. De niño se bañaba en los ríos de su región Altái, tras hacer un agujero en el hielo.

Para él, el agua estaba templada, agradablemente cálida. Károl lo veía nadar mientras los andaluces se congregaban a verlo nadar.

Un hombre sin ropa especial, en mero bañador, nadando en unas aguas que no pasaban de los trece o catorce grados en esa época del año. La mayoría temblaba solo de verlo. Hay pocas personas más frioleras que un andaluz.

9

Luka, aunque se llamaba Mijaíl, para mí sería siempre Luka, me amó con pasión aquellos magníficos catorce días en aquel pueblecito de Cádiz, cerca de la desembocadura del famoso río Guadalquivir.

La primera noche hicimos el amor mirando el mar. La marea estaba alta y solo se veía agua a través de los cristales. Esta casa me tiene hechizada por completo. No me imagino viviendo en otro lugar.

Él me agarró por detrás. Yo estaba asomada a la ventana, escuchando el rumor de las olas y embriagándome con el perfume del mar picado. Estaba en ropa interior. Me bajó el tanga y me agarró bien del culo, con firmeza.

Me encanta la fuerza de sus manos cuando presiona mi cuerpo, en especial las piernas y los glúteos. Yo seguía mirando el mar y él me besaba la nuca, las orejas, la espalda... Me mordía los hombros y me cogía los pechos sin quitarme el sujetador.

Le dejaba hacer todo como él quisiera. Le gusta meter las manos por debajo del sostén y tocarme la parte baja de las tetas, mientras me pellizca con suavidad los pezones. Me excita tanto que deseo volverme y besarlo, pero su gran fuerza me lo impide. Él quiere estar así un tiempo.

Está desnudo y noto su miembro erecto contra mi culo. Mientras me besa, lo acerca a mi entrada, que a esas alturas ya está más que lubricada. Juega con mi deseo. Mete la punta, ni siquiera el glande entero, la punta del mismo.

La saca, la mete, la vuelve a sacar. Me vuelvo loca, me excito como una loca y le grito: *davái, davái, koziol* (vamos, vamos, cabrón). Le excita que lo llame cabrón o que utilice otras palabras feas. A mí no es que me entusiasme, pero he notado que cuando lo hago él incrementa el ritmo y va a un poco más rápido.

Lo hacíamos siempre en esa ventana, y siempre de la misma manera. Por la noche también nos amábamos en la cama, cambiando de posturas. Pero fuera de la cama, solo allí y únicamente en esa posición.

Cuando yo me aproximaba a la ventana a mirar el mar e iba en ropa interior, era nuestra señal para que él viniera por detrás, desnudo, y me hiciese todo lo que me gusta tanto.

Recuerdo los maravillosos atardeceres de Chipiona. El sol bajaba por detrás del faro más alto de España y se introducía como una moneda en la ranura del horizonte, dejando el cielo teñido de naranjas, lilas y añiles que me dejaban extasiada.

Luka ni siquiera se atrevía a hablarme durante aquellos minutos mágicos. Nos gustaba ir al faro y besarnos allí esperando la puesta de sol. Un solo día el cielo estaba nublado y llovió. Aquella tarde nos quedamos en casa, haciendo el amor.

Pero todas las demás tardes fuimos a nuestro sitio romántico. Eran mis primeros besos, mi primer hombre, mis primeros orgasmos, mis primeros celos cuando alguna guapa andaluza se quedaba mirando, descarada, a mi Luka.

Al segundo día de estar en Chipiona, encontramos una maquilladora que nos despojó de esa engorrosa segunda cara. Nos encantó redescubrirnos con nuestros rostros originales. Luka es tan guapo...

Le quedaba un día para irse a Kazajstán y yo no podía parar de llorar. Podía pasarle algo malo. Es seguro que ese trabajo para Platónov será muy peligroso.

Le propuse huir, pero dice que no podemos estar toda la vida corriendo. Nos encontrarían y ya no habría más oportunidades de estar juntos. Haría esos cuatro trabajos y después lo dejaría.

La última noche hicimos el amor con pena. No disfrutamos, solo sufrimos, sobre todo yo. Luka trataba de tranquilizarme, pero no podía dejar de llorar como una tonta. Me dijo que siempre había salido de todos sus asuntos con bien; pero algún día, pensaba yo, podía ser el nefasto y ocurrir algo malo, imprevisto.

Además, mucha gente estaba detrás de sus pasos, por varios motivos. Se arriesgaba mucho. Le hice prometerme que se cuidaría y que volvería por mí. Me juró que seguiría vivo porque tenemos que hacer muchas cosas juntos.

Han pasado seis días desde que se fue y no sé nada. Estoy hundida en la desesperación. Miro el mar, cuando sube la marea, pero su cuerpo no se me acerca por detrás para penetrarme y tocarme. Estoy sola.

Quiero pensar que el trabajo es complicado, pero me engaño. Me envió un mensaje en cuanto llegó a Astaná, la capital de ese enorme y medio deshabitado país. No he vuelto a tener noticias.

10

Estoy en Bishkek, la capital de Kirguistán, cerca de la frontera con Kazajstán. Todo el plan se ha ido al garete. Tengo al hijo de un ministro kazajo en mi poder. El plan era secuestrarlo y llevarlo al sur del país. Todo iba bien. Estábamos en Zhambyl (Kazajstán), donde se produciría la entrega del niño.

Allí empezaron a dispararme. Conseguí salir con vida y llegar hasta el coche donde tenía encerrado al muchacho. He conducido hasta aquí. Platónov no da señales de vida. No sé qué ocurre. Estoy sin teléfono porque era una de las reglas. En Astaná debía estar sin teléfono en todo momento.

Estoy empezando a entender que este plan no era otra cosa que una manera de acabar conmigo para quedarse con Károl y negociar a placer con el padre. No tenía más opciones. Me quedan pocas horas de vida, lo presiento.

El niño está asustado y llora sin parar, llamando a su madre. Solo pienso en Károl. Es probable que no vuelva a verla.

Acabo de dejar al niño en un puesto de policía.

Esos días en Cádiz, Károl, han sido lo único puro y sincero de mi vida. Para mí, lo han supuesto todo. Creo que no veré más el mar. Es posible que ni siquiera vea amanecer mañana. Estoy en tierra extraña y solo.

Me cazarán como a un conejo. Pero no importa porque te he amado y tú me has amado a mí. Porque moriremos amándonos, pensando el uno en el otro. Voy a morir feliz, Károl. No había otro camino para nosotros. Nuestro amor no está hecho para este mundo. Decidimos amarnos en un momento donde no era posible.

Aun así, lo intentamos. Y salió bien. ¿Recuerdas los viajes en coche por Holanda y por Francia? Me mirabas sin apartar la vista de mis ojos.

Sentía tu mirada y aún la siento, puedo notar tus ojos aquí, a mi lado. ¿Dónde estás, Károl? No puedo vivir sin ti ni un segundo más. Mis lágrimas también te buscan, cariño mío. Salen de mis ojos en tu busca.

11

Los hombres de Platónov cogieron a Károl mientras paseaba de noche por Chipiona. La metieron en un coche y éste enfiló camino hacia el aeropuerto de Jerez de la Frontera, donde un jet privado la llevaría a Moscú.

La registraron minuciosamente para evitar que se tragara la cápsula con veneno. La llevaba en uno de los bolsillos de sus pantalones.

Durante el camino por carreteras gaditanas, camino al aeropuerto, fingió quedarse dormida. Dejó caer su cabeza sobre el hombro de uno de los hombres de Platónov. Sin que nadie lo esperase, Károl cogió la pistola que el gorila llevaba en la parte interior de la americana y se pegó un tiro en la sien.

Durante los minutos que se fingió dormida, repasó uno a uno todos los momentos felices de su vida. Se reducían a los pocos días que pasó junto a su único amor, Luka. Las lágrimas hicieron que tuviera que coger la pistola antes de lo previsto. El gorila notaría la humedad en su camisa.

En ese mismo instante, mientras Luka escribía la K de Károl en la arena de un camino de gravilla a las afueras de Bishkek, seis balas entraron en su cuerpo al mismo tiempo. Seis gatillos diferentes se encargaron de terminar para siempre con Luka, el hombre que no falló uno solo de los trabajos que le encargaron.

El cuerpo de Luka cayó a la arena con una sonrisa en la boca, pues estaba rememorando una noche de luna llena, en Chipiona, mientras Károl observaba el mar. El recuerdo de su cara girándose para mirarlo fue lo último que vio Mijaíl Markúlov.

Made in the USA
Monee, IL
11 June 2022